Escute seu Coração

Da Autora:

Simplesmente Jane

Segredos Divididos

Uma Linda Mulher

Escute seu Coração

Fern Michaels

Escute seu Coração

Tradução
Dayse Batista

Copyright © 2000 *by* First Draft, Inc.

Título original: *Listen to Your Heart*

Capa: Leonardo Carvalho

Editoração: DFL

2008
Impresso no Brasil
Printed in Brazil

CIP-Brasil. Catalogação na fonte
Sindicato Nacional dos Editores de Livros – RJ

M569e	Michaels, Fern
	Escute seu coração/Fern Michaels; tradução Dayse Batista. — Rio de Janeiro: Bertrand Brasil, 2008.
	182p.
	Tradução de: Listen to your heart
	ISBN 978-85-286-1304-9
	1. Romance americano. I. Batista, Dayse. II. Título.
	CDD – 813
07-4531	CDU – 821.111 (73)-3

Todos os direitos reservados pela:
EDITORA BERTRAND BRASIL LTDA.
Rua Argentina, 171 — 1º andar — São Cristóvão
20921-380 — Rio de Janeiro — RJ
Tel.: (0xx21) 2585-2070 — Fax: (0xx21) 2585-2087

Não é permitida a reprodução total ou parcial desta obra,
por quaisquer meios, sem a prévia autorização por escrito da Editora.

Atendemos pelo Reembolso Postal.

Escute sua mãe

"Você está aqui, não está, mamãe? Sinto sua presença. Quero fazer tudo direito esta noite. Quero que ele deseje me ver novamente. Como devo me vestir?

"Sinto-me tão sozinha, mãe. Será que cheguei a lhe dizer que senti muito por aquela vez em que peguei seu colar de pérolas e o arrebentei? Eu adorava aquelas pérolas. Desculpe-me, mamãe."

Ela se admirou no espelho. Seu vestido estava perfeito, mas faltava algo. Enquanto sentava-se junto à penteadeira com babados de organdi, ela olhou para a caixinha de jóias e a viu inclinar-se subitamente e abrir-se, espalhando seu conteúdo sobre o tampo de vidro.

Um colar com um único fio de pérolas flutuou até o chão.

Um

A revista *Gourmet Party* dissera que o prédio era uma perfeita casinha de conto de fadas, discorrendo sobre os adornos de madeira trabalhada, as janelas em forma de losango e as portas duplas e independentes que davam para uma pequena varanda frontal, onde floreiras lotadas de petúnias e gerânios coloridos acomodavam-se sob as janelas de vidros faiscantes. Do teto da varanda, samambaias exuberantes penduradas em tranças brancas de cordas ondulavam a qualquer brisa que chegasse até o Garden District, em Nova Orleans. Vizinhos e amigos referiam-se à moradia como uma casinha de bonecas convertida em residência, em parte devido à pequena varanda frontal e à construção extra, acrescentada à parte de trás da casa. As irmãs gêmeas Josie e Kitty Dupré consideravam aquele seu endereço comercial, também conhecido como Bufê Dupré. O lugar era assim de propósito, elaborado pelas gêmeas para atrair novos clientes. A cozinha experimental e a cozinha principal ficavam separadas atrás da casa, isoladas com a ajuda de arbustos bem podados e grandes e antigos carvalhos dos quais penduravam-se barbas-de-bode.

Pedras no meio do gramado, em vermelho e preto e com formato de joaninha, um resquício da infância das gêmeas, levavam os clientes da placa discreta ao lado da entrada do bufê até o chalé gracioso, onde as irmãs conduziam seus negócios seis dias por semana.

Josie Dupré agachou-se para pegar a fêmea maltesa branca como um floco de neve e colocá-la em um canto, sobre a escrivaninha pequena.

— Somos só você e eu hoje, Rosie. É segunda-feira, de modo que as coisas serão calmas por aqui. Isso significa que vou podar e regar todas as plantas na varanda enquanto você fica quietinha, assistindo. Também vou lhe contar tudinho sobre meu encontro com Mark O'Brien, ontem à noite. Não há nada muito interessante nisso. Talvez fosse bem mais animador transferir o movimento do fim de semana para o computador. Foi uma chatice.

Ela continuou:

— Ele se atrasou, como você sabe. Kitty não gostou dele já de cara, porque estava tão arrumadinho que me senti maltrapilha ao seu lado. Achei que iríamos ao cinema e sairíamos para comer algo depois. Eu não estava vestida para muito mais que isso. Ele trocou o programa sem me comunicar, o que só nos mostra que é um arrogante e egoísta. Outra coisa: ele passou a noite inteira falando sobre si mesmo. Não consigo lembrar nada do que disse. Acho que não o verei de novo.

Josie arrancou uma folha amarelada entre os gerânios vermelhos e saudáveis. Rosie escutou atentamente, enquanto observava sua dona.

— Sabe de uma coisa, Rosie? Eu realmente adoro esta casinha. Achei que não conseguiria morar aqui depois que mamãe e papai morreram e Kitty me convenceu a voltar para cá. Sinto tanta falta de Baton Rouge que às vezes tenho vontade de chorar.

A pequena cadela saltou da cadeira da varanda para o chão para tocar a perna de Josie com sua pata, um sinal de que desejava ser pega e acarinhada. Josie cedeu.

— Venha, vamos pegar um café, levar para a varanda e admirar todas essas lindas flores. Kitty e eu brincávamos aqui quando éramos pequenas. O prédio era o galpão onde mamãe mexia com as plantas. É claro que isso foi antes do ataque cardíaco de papai e antes de entrarem no negócio de bufê. Dá para acreditar que um homem de trinta anos possa ter um ataque do coração? Mamãe ficou tão assustada!

Quando Kitty e eu nascemos, ela convenceu papai a adicionar um cômodo, e este se tornou nosso lugar favorito. Nós passávamos dias inteiros aqui. Chegamos até a dormir aqui algumas vezes. Depois que comíamos nossos sanduíches de manteiga de amendoim e geléia, ficávamos com medo e corríamos de volta para casa. Por que estou lhe contando tudo isso? Acho que é porque Kitty está doente e detesto quando alguém adoece. Às vezes, quando as pessoas adoecem, elas... morrem. Mas é apenas um resfriado. As pessoas se resfriam o tempo todo. Em alguns dias, Kitty estará boa novamente e correndo para todos os lados. As coisas voltarão ao normal. Eu me preocupo com tudo. Acho que tem algo a ver com sair de Baton Rouge, três anos atrás. Sinto saudade de mamãe e papai. Talvez tenha algo a ver com o casamento de Kitty, no início do ano novo. Não ligue, estou falando demais, Rosie. Não preste atenção a nada que eu disser. Aqui está seu bebê — disse, retirando do bolso um pequeno urso de pelúcia.

A cadelinha abocanhou o brinquedo e correu até sua cama, no canto da varanda. Mantendo-o preso entre as patas dianteiras, começou a lamber a cara do ursinho que adorava, e do qual raramente se separava. Josie sentiu lágrimas arderem em seus olhos ao pensar na devoção da cadelinha ao seu brinquedo. Talvez devesse providenciar um companheiro para Rosie. Algo vivo e que respirasse. Outro cachorro, ou talvez um gatinho. Precisava pensar nisso.

Não que já não tivesse o bastante em que pensar. Tinha muito, talvez até demais. O Mardi Gras* se aproximava e as reservas do bufê estavam esgotadas pelas próximas duas semanas. Depois viria a Páscoa e a rodada habitual de festas da primavera que prenunciavam o Dia das Mães, a época mais atarefada do ano. Neste ano, precisariam contratar ajuda extra. Ela contraiu o rosto ao pensar no que uma contratação adicional lhe custaria, em termos de impostos trabalhistas. Já tinham quatro empregados, dois em período integral e dois em meio

---

* Mardi Gras, o equivalente ao carnaval, comemorado principalmente em Nova Orleans, Estados Unidos. (N.T.)

turno. Precisariam de pelo menos mais quatro pessoas para poderem dar conta dos meses de verão. Tudo graças ao artigo de página central da *Gourmet Party's*.

Um artigo em uma revista de grande circulação, mais a página nova na Internet, e o negócio havia decolado como um foguete. Ela se virara para todos os lados durante um ano inteiro para atrair clientes — perdidos com a morte de seus pais — e agora estava tão ocupada que precisava recusar mais reservas, por já estar lotada.

Josie viu um carro entrando na área do estacionamento antes de Rosie grunhir. Ouviu a porta bater e então viu um homem gigantesco, em terno de executivo. Percebeu seus passos relaxados e os cabelos escuros puxados para trás e presos em um rabo-de-cavalo curto. Ele parou no meio do caminho, baixou o olhar para a trilha de joaninhas e, depois, olhou em volta para o pequeno chalé diretamente em sua linha de visão. Então, fechou os olhos e sacudiu a cabeça, como se quisesse livrar-se de uma miragem. Ao perceber que ainda estava parado na trilha de joaninhas e a casa ainda estava ali, pisou com cuidado na próxima pedra, até chegar às escadas que levavam à varanda.

Uau, que gato, pensou Josie.

— Posso ajudá-lo? — perguntou, enquanto Rosie latia do alto das escadas e depois rosnava.

O gigante baixou o olhar.

— Isso é um cachorro de verdade?

Corpo de um deus, avaliou Josie, e então respondeu:

— Sim. O nome dela é Rosie. Em que posso ajudá-lo?

O gigante colocou o pé direito no primeiro degrau. Rosie recuou e atacou. Josie voou de sua cadeira no instante em que um vendaval em forma de cão passou zunindo pela trilha de pedras e entrou na varanda. Ela girou e foi atingida de lado enquanto o furacão colidia com as floreiras da janela, mandando-as pelos ares. Gerânios e petúnias, com seus montículos de terra misturada com vermiculita, espalharam-se em todas as direções, enchendo o carpete verde da varanda com incontáveis pontos brancos. A caminha de Rosie aterrissou entre os sarrafos da cerca da varanda e seu ursinho de pelúcia voou pelo ar, pousando na frente do imenso bóxer, que parecia decidido a destruir o chalé. Ela viu sua caneca favorita de café, que tinha borboletas pintadas em um dos lados, partir-se em pedaços nos degraus da frente. As samambaias penduradas balançaram loucamente enquanto patas possantes as alcançavam e, depois, foram lançadas até o jardim da frente. Então, para seu horror máximo, o amado ursinho de Rosie foi estraçalhado pelo cão enorme, fazendo-a emitir um grito primitivo.

— Chame seu cachorro ou deixarei minha cadela estraçalhar seu pescoço! — Depois, ela riria ao lembrar-se de Rosie, agarrada ao colarinho da camisa imaculadamente branca do homem. — Olhe o que você fez! Pare agora mesmo! Rosie, ataque! Ele arruinou seu bebê! Olhe o que ele fez! Minha cachorra adora aquele ursinho! Ela o carrega para lá e para cá o dia inteiro, e até dorme com ele. Agora está despedaçado e não pode ser substituído. Chame seu maldito cão neste minuto! Eu tenho uma arma! Dê minha cadela! Está ouvindo? Devolva minha cadela!

O gigante virou a cabeça para trás e conseguiu dizer:

— É toda sua, mas tire-a de cima de mim e da minha jugular!

— Você está tentando me fazer sentir culpada! Nem morta! Não vou mandar de novo. Dê minha cadela!

— Ela não quer me soltar!

Um sino dos ventos pendurado em uma árvore criou vida, enquanto um bando de pássaros alçava vôo. Os braços de Josie sacudiram-se como se ela também quisesse voar.

— Chame seu maldito cachorro! Isso é uma ordem! Mande-o sentar! Mande-o fazer *alguma coisa*!

— Sente, Zip!

— Zip?

— Ele não obedece muito bem, é um filhote ainda — o gigante conseguiu gemer.

— Um filhote! Filhote! Esse monstro é grande como uma vaca!

— Zip, sente-se agora mesmo! — Josie proferiu o comando. Rosie aproveitou aquele momento para relaxar a mordida no colarinho do homem. Duas mãos monstruosas levantaram-se e agarraram a cadelinha pelos quadris e o homem a segurou na sua frente, enquanto Rosie abocanhava o ar e fazia ruídos ameaçadores. Zip levantou sua grande cabeça e, com uma manobra de sua pata, libertou Rosie e a pegou entre os dentes, baixando-a suavemente até o chão sujo de terra. A cachorrinha correu imediatamente até seu brinquedo. Josie observou, vendo-a remexer no ursinho com as patas, tentando consertá-lo e percebendo que havia algo muito errado com ele. Lágrimas arderam nos olhos de Josie enquanto agachava-se, ignorando o gigante e seu cão, Zip.

— Shhh, está tudo bem, Rosie. Daremos um jeito nisso. Consertarei para você. Posso costurá-lo.

— Olhe, eu...

— "Sinto muito"? É isso que você quer dizer? Apenas caia fora daqui. Veja, Rosie, encontrei um pouco do recheio. Vou continuar procurando. Posso costurar a cabeça de novo no lugar. Vai ficar tudo bem, prometo.

— Será que eu...

— Se pode ajudar? Não preciso do tipo de ajuda que você tem para dar.

— Pagarei o prejuízo. Apenas diga-me quanto. Sinto muito. Quanto custam essas coisas? Diga-me onde posso encontrar um brinquedo novo.

Josie girou, percebendo que o homem era realmente gigantesco.

— Você é só burro ou burro *e* estúpido? Esse brinquedo não pode ser substituído, porque estava com Rosie desde que ela tinha seis semanas. Ela o adorava. Era algo para aconchegar e que a fazia sentir-se protegida quando se afastou da mãe. Não é possível substituir coisas assim. Sendo um homem, é claro que não posso esperar esse tipo de sensibilidade de você!

As árvores agitaram-se e os sinos dos ventos chacoalharam novamente. Um passarinho avermelhado acomodou-se na cerca, na outra ponta da varanda, observando a cena com seus olhinhos brilhantes.

No chalé, o telefone tocou, enquanto o pequeno relógio de pêndulo lá dentro sinalizou a hora.

— Acho que mandei você embora. Não se preocupe com os danos. Apenas pegue seu cão e se vá. Olhe, Rosie. Encontrei mais recheio — disse Josie, em tom tranqüilizador. — Mas que coisa, você ainda está aqui! Que parte de "pegue seu cão e se vá" você não entendeu?

— Você acha que por ser um homem não entendo essa... *coisa* de mãe e filho.

— Eu não disse nada sobre mãe e filho. Estava falando sobre minha cachorrinha, que foi afastada de sua mãe. Eu sou uma pessoa. Ela é um bichinho.

O bóxer, com sofrimento estampado em seu olhar, saltou para junto de Rosie, que tentava tirar sua cama dentre os paus da cerca de madeira. Com uma mordida e um puxão, a cama soltou-se. Rosie pulou para dentro dela e deitou-se. O bóxer baixou sua grande cabeça e lambeu a cara da pequena cadela. Uma pata gigante puxou a cama para perto de Josie.

— Acho que isso é um pedido de desculpas do seu cachorro — disse Josie. — Você precisa levá-lo para ser adestrado. Enquanto estiverem lá, aproveite você também as lições sobre obediência.

— Sabe que você fala demais? Meu cachorro veio em minha defesa quando o seu me ameaçou. Eu lhe disse, é um filhote! Nem tem um ano ainda! Se eu soubesse que você tinha um cachorro, teria fechado as janelas do carro. Ele só saiu quando sua cadela bancou a corajosa. Será que a inspeção sanitária sabe que há um cão no mesmo local onde você prepara as refeições? Você deveria colocar um cartaz de "Cuidado com o Cão" ou algo assim. Eu não esperava ser atacado.

Pelo canto dos olhos, Josie viu o grande bóxer brincando com Rosie. Aquilo a irritou mais ainda.

— Rosie não entra na cozinha experimental. Aqui é o escritório, não que isso seja da sua conta. Não preciso de um aviso sobre a presença dela, porque Rosie nunca agiu assim antes. Ela deve saber que você é... perigoso... ou algo assim.

— Acho que vou...

FERN MICHAELS

— Já era hora! — Josie retrucou. — Leve seu cachorro, porque ele dá a impressão de querer ficar.

— Você é sempre tão desagradável? — indagou o gigante.

— Sim — respondeu, ríspida.

— Então acho que não quero fazer negócio com alguém como você.

Josie permaneceu acocorada, vigiando os dois cachorros. Rosie parecia gostar da atenção que recebia do bóxer, pois os dois esfregavam o focinho um no outro. Amor canino. Será que existia isso?

— Olhe, você veio até aqui, não o contrário. Certamente é seu direito fazer negócio com quem bem entenda. Só gostaria de lembrar-lhe que seu cachorro foi quem causou tudo isso. Estou disposta a deixar pra lá, considerar isso como o tipo de coisa que acontece de vez em quando. Posso substituir as plantas e pendurar novamente as floreiras. A porta de tela terá de ser consertada. Tudo é uma questão de limpeza, basicamente, com a exceção do brinquedo de Rosie. Por que simplesmente não esquecemos isso tudo e partimos do zero?

— Por mim, tudo bem. Venha, Zip, é hora de ir para casa.

Josie observou o grande cão com o canto dos olhos. Ele não se movia e não parecia querer ir embora. Obviamente, o gigante também se sentia assim. Ela fez o possível para esconder seu sorriso quando ele inclinou-se e levou ao colo o enorme cachorro, que protestou com todo vigor, uivando com vontade. Rosie gemeu e latiu, correndo atrás do gigante e seu animal. Josie correu atrás, deparando-se com Kitty na entrada do estacionamento.

— Meu Deus! — o gigante exclamou. — Então temos duas de vocês?

— Do que ele está falando, Josie? O que está acontecendo? Alguém me diga alguma coisa.

— Depois — disse Josie, agarrando sua cadelinha, que parecia desejar enfiar-se no banco traseiro do carro com o cachorro grande.

Graças às imensas patas de Zip, a buzina do Mercedes sedan tocou várias vezes, enquanto o gigante dava ré e saía do estacionamento. A imagem daquele homem enorme, com seu cão igualmente grande, dirigindo o belo Mercedes permaneceu na mente de Josie por muito tempo. Ela deu um largo sorriso, enquanto Rosie gania durante o trajeto até o chalé.

— Não entre em pânico, Kitty. Vou limpar tudo isso. Ainda bem que hoje é segunda-feira. O que você está fazendo de pé a essa hora?

— Quem era aquele? Parece conhecido. Ah, meu Deus! O que aconteceu?

— O cachorro dele se soltou e Rosie quis atacá-lo... quer dizer, ao gigante, não ao cão. Não sei o que veio fazer aqui, nem mesmo sei seu nome. Volte para a cama, deixe-me limpar isso aqui. O cachorro dele pegou o ursinho da Rosie. Preciso encontrar todo o estofo. Talvez eu consiga costurá-lo. Nem quero pensar como será hoje à noite, se ela não o tiver como companhia para dormir. Por falar nisso, o que você está *fazendo* fora da cama?

— Quando você não pegou o telefone no chalé, eu o atendi dentro de casa. Era a Sra. Lobelia. Queria saber se pode vir conversar com você hoje à tarde. Algo sobre aquela grande festa que está planejando para o Dia das Mães. Eu confirmei, já que não temos nada marcado para hoje. Pessoas idosas gostam de soluções imediatas. Elas não querem esperar mais. Tudo bem, tudo bem, já estou voltando para a cama.

Josie olhou para a irmã. Era o mesmo que olhar-se no espelho. Ambas tinham os mesmos olhos castanhos, as mesmas covinhas, o mesmo formato do maxilar e narizes iguais. Seus cabelos eram castanhos e encaracolados, sem diferença de corte, e isso dificultava o reconhecimento de uma ou outra pelas pessoas. Até mesmo o gigante reconhecera que eram idênticas.

Kitty havia sido sua melhor amiga desde o momento em que a mãe colocara ambas no mesmo berço. Eram elas contra o mundo, ou assim lhe parecera na época. Duas vozes sempre funcionavam melhor, além de fazerem mais barulho. Pelo menos seriam ouvidas. Elas haviam feito todas as brincadeiras que gêmeos fazem, e durante a adolescência conseguiram passar a perna uma ou duas vezes nos pais.

Das duas, Kitty era a mais séria e sensata. Era ela que sempre pensava em tudo e tinha a resposta certa. Também era a que gostava de cozinhar. Diferentemente de Josie, que não conseguiria sequer ferver água, se precisasse. Josie era o que Kitty chamava de "apressadinha", sempre correndo à frente e lendo as instruções apenas depois de quebrar qualquer coisa que tentasse montar. Era a que tinha tino comercial, diferente de Kitty, que se entediava demais com esses assuntos. Era naturalíssimo, como Kitty dissera, assumirem a empresa dos pais. Ela cozinharia e Josie gerenciaria tudo. Agora, três anos depois, a contabilidade estava firme, dando lucro. "O sonho americano", Kitty lhe dissera em Baton Rouge, quando tentava convencê-la a assumir o bufê. "Não precisaremos dar satisfações a ninguém. Faremos o melhor plano de saúde que houver, o melhor plano de aposentadoria, e não teremos de nos preocupar com alguém querendo cortar despesas ou tentando tirar nossa empresa de nós." Josie concordara, porque isso fazia sentido. Ela gostava de ser sua própria chefe. Detestava o banco no qual trabalhava na época, assim como Kitty detestava seu emprego em uma seguradora.

Ela adorava Nova Orleans, ou a Big Easy, como as pessoas chamavam a cidade, por seu jeito tranqüilo e descontraído. Adorava o Garden District, com casas antigas e maravilhosas, como aquela em que elas mesmas moravam, assim como o animado Quarteirão Francês. Quando sentia saudade de Baton Rouge, onde haviam conquistado sua independência, bastava entrar no carro e dirigir até lá, às vezes de improviso, ao sabor do momento. Como Kitty dizia, o passado era o prólogo. Nova Orleans era o lar de ambas outra vez, exatamente como fora durante a infância.

— Vá para a cama — ordenou à irmã. — Eu verei a Sra. Lobelia, mas primeiro preciso limpar a varanda e tentar consertar o brinquedo de Rosie.

— Por que não vai à loja, compra outro ursinho, tira o estofo e o costura no urso dela? Levarei Rosie para dentro comigo, para que ela não a veja fazer isso.

17   *Escute seu Coração*

— É uma boa idéia, mas apenas se eu não puder encontrar o estofo. Quero deixar o ursinho como era antes. Daqui a pouco, entro para preparar o almoço.

— Aquele cara era um gato. É uma pena não saber seu nome. Aposto que ele malha ou corre. Aqueles músculos *saltaram* quando ele carregou seu cachorro enorme — disse Kitty, com um imenso sorriso.

— Deu para ver tudo isso? Ele estava de terno!

— Deu, sim. Aqueles olhos foram feitos para enfeitiçar... Boca muito beijável. E os dentes dele *brilhavam*!

— Não percebi — balbuciou Josie.

— Ah, invente outra. Claro que você percebeu. Nenhum homem bonito escapa aos seus olhos de águia. E, por falar nisso, como foi seu encontro ontem à noite?

— Foi o primeiro e o último com aquela criatura convencida. Pare com esse olhar de casamenteira! Eu nunca namoraria um homem com cabelos mais compridos que os meus. Acho que ele é cajun,* ou talvez descendente de índios.

— Talvez uma combinação dos dois. Seja o que for, deu certo, porque é belo, com certeza. Acho que já o vi em algum lugar. Mais cedo ou mais tarde, vou lembrar. Além disso, ele usava um terno caro e seu carro não era nenhuma lata velha. Tem dinheiro. Que pena que você o deixou escapar — disse Kitty, já se retirando.

Será que era mesmo uma pena?, Josie cogitou, enquanto ia para a varanda recolher tantos pedaços de estofo quanto pudesse. Duas horas depois, o ursinho de Rosie estava inteiro de novo. Ela inclinou-se para a cadela, que estava encolhida como uma bola em sua caminha.

— Aqui está, querida, novinho em folha.

Sentiu vontade de chorar quando a cadelinha maltesa não fez esforço para trazer o ursinho para perto e aconchegá-lo junto do seu corpo, como sempre.

---

*Os cajuns são descendentes de canadenses que se fixaram na Louisiana, estado do Sul dos Estados Unidos. (N.T.)

— Acho que consertei tudinho. Veja, está tão gordinho e sacolejante quanto antes. Venha cá — pediu, mas a cadela não fez esforço algum para mover-se e ainda enterrou a cabeça entre as patas.

Ah, se pudesse colocar suas mãos em torno da garganta daquele gigante, ela a apertaria até sufocá-lo. E ao seu cachorro monstruoso. Esperava que Kitty pudesse recordar de onde o conhecia, para poder ir até lá e torcer seu grosso pescoço. Como se isso pudesse realmente acontecer!

As samambaias pareceram-lhe meio minguadas quando as pendurou novamente, mas, com mais terra e uma boa rega, pareceriam quase tão boas quanto se fossem novas. Ela fez o melhor que pôde com os gerânios e petúnias, mas a maior parte das hastes estava quebrada ou dobrada. Precisaria comprar outras flores. A varanda parecia nua e impessoal sem os botões coloridos. Ela teria de remover a porta de tela e levá-la para conserto. Poderia fazer isso de imediato e comprar flores novas na volta. Tinha muito tempo antes do encontro com a Sra. Lobelia. Também poderia passar em algum lugar e comprar algo para o almoço.

— Venha, Rosie. Ajude-me a tirar essa porta de tela e poderemos entrar no carro. Mexa-se, menina.

Quando a pequena cadela recusou-se a se mover, Josie abaixou-se para pegá-la. Rosie não protestou, mas também não se agitou nem se retorceu toda de alegria, como sempre costumava fazer.

Quando Josie estacionou sua caminhonete na entrada do restaurante Franky and Johnny, na Arabella Street, já passava do horário de almoço. Ela fechou as janelas e trancou o carro com o controle remoto, enquanto já ia entrando para pedir o sanduíche submarino favorito de Kitty. Pediu dois dos enormes sanduíches feitos com pão francês recheado com rosbife, camarão frito, ostras, presunto ou almôndegas, com queijo e molho de carne ou tomate, e solicitou que acrescentassem alface, maionese e mostarda, com uma fatia de tomate. Ela sabia que ao chegar em casa passaria manteiga no pão e o aqueceria, exatamente como sua irmã gostava.

Ouviu os latidos curtos de Rosie, que a olhava e arranhava os vidros do carro, quando saiu do restaurante. Ela correu e abriu o veículo. Normalmente, a pequena cadela tentaria abrir a sacola e cheirar seu conteúdo. Entretanto, só o que parecia desejar agora era sair do Ford Explorer.

Ao percorrer a rua com o olhar, ela entendeu o motivo. Parado bem mais adiante, estava o Mercedes caro e elegante. Num piscar de olhos, Rosie saltou sobre suas pernas e para o chão, zunindo rua abaixo, e Josie foi em seu encalço.

Josie observou, espantada, enquanto a pequena cadela tentava escalar a porta do carro. Em um dos pulos, Josie conseguiu pegá-la no ar. Ao fazer isso, enxergou o interior do carro. Tudo lá dentro estava em frangalhos. O couro charmoso estava em tiras e o espelho retrovisor quase fora arrancado. Não havia sinal do dono ou de seu cão. Obviamente, Rosie sentia o cheiro do bóxer.

O gigante surgiu do nada, sendo puxado à frente por seu grande cão. Com um impulso poderoso, o bóxer rebentou a guia que o continha e se soltou. Ele saltou para a calçada, onde Josie estava com Rosie, escorregou e parou, sentando-se sobre as patas traseiras e gemendo para que Josie baixasse sua cadelinha. Antes que ela pudesse decidir-se a fazer isso, Rosie retorceu-se e saltou para o chão, onde recebeu focinhadas e patadas carinhosas do outro cão.

O gigante pigarreou.

— Parece que temos um problema.

Kitty tinha razão. Ele é mesmo um gato.

— Não tenho como discordar — disse Josie, apontando para dentro do carro elegante. — Quando ele fez isso?

— Zip destruiu o banco de trás quando voltávamos do seu restaurante e o da frente quando tentei levá-lo àquele canil de adestramento, ali adiante. Ele quase comeu o meu volante — disse o gigante, com desgosto. — Ele quer alguma coisa, mas não sei o quê. Você conseguiu consertar o brinquedo da sua cachorra?

— Sim, mas ela não o quer mais. Nem quis tocá-lo. Ah... estou parada aqui porque acho que o cheiro do seu cão a atraiu. Só posso chegar a esta conclusão. Eu estava no Franky and Johnny's comprando meu almoço, e quando saí ela enlouqueceu e eu vim atrás para ver qual era o problema. Acho que é o seu cachorro. Preciso ir agora. Será que você poderia colocar seu cão dentro do carro para podermos ir embora?

— Posso tentar, mas ele não vai gostar disso — disse o gigante. — Talvez seja melhor vocês irem antes.

— Ele nos seguiria. Você vai primeiro. Se as portas estiverem fechadas, ele não poderá sair, não é? — perguntou, com sarcasmo.

— Ele provavelmente sairá pela maldita janela. Essa sua bola de pêlos está no cio? — ele perguntou, cheio de suspeita.

— Não, a bola de pêlos não está no cio. Ela é castrada. Não gostei do modo como você a chamou. Minha cachorrinha tem nome. É Rosalie, mas a chamamos de Rosie. E quanto ao seu?

— Também é castrado. Talvez gostem do cheiro um do outro. A sua cadela tem cheiro de coco. Não acredito que meu cachorro goste desse cheirinho tão feminino.

— Bem, o *seu* cachorro parece um suéter molhado onde um gato fez xixi. Mal posso acreditar que minha cadela sentiria atração por esse fedor.

— Já basta — o gigante trovejou. — Entre no carro, Zip. Não me force a pegá-lo outra vez.

Zip continuou esfregando o focinho em Rosie. Josie observou-os, divertida.

— Pegue sua cadela ao mesmo tempo — ordenou o gigante, em tom que não admitia discussão.

Josie irritou-se, mas obedeceu.

— Agora, saia correndo daqui! — ordenou ele, novamente.

Josie correu, com a cadelinha latindo e tentando sair de seus braços. Sentia vontade de olhar para trás, mas poderia perder seu impulso e soltar Rosie sem querer. Ao desabar finalmente no carro e fechá-lo, respirava como uma maratonista. Voltou-se para olhar sua cachorrinha, encolhida no banco do passageiro ao seu lado.

— Agora escute aqui, mocinha. Eu não sei o que você pretendia, mas não vamos passar por isso novamente. Aquele cachorro é grande demais para brincar com você. Ele estragou o seu precioso bebê. Eu o consertei e agora você nem o quer mais. Esqueça essa história. Zip foi para casa e nós também vamos para a nossa. Ponto final.

Josie ligou o Explorer e fez o retorno no meio da rua. Sentiu, mais que viu, que o Mercedes fazia o mesmo. *Que bom, vamos em direções opostas.* Estava quase na Jackson Square quando percebeu que ainda não sabia qual era o nome do gigante. Mas que diferença faria saber seu nome ou não? A vida continuaria. O sol surgiria amanhã e também depois de amanhã. Apesar disso, ele era mesmo *uma coisa.* Ela riu alto ao recordar o interior do carro de luxo. Cães grandes, grandes prejuízos.

Josie virou à esquerda na Prytania Street, continuou até cruzar a Washington e, depois, a Fourth Street. Virou à direita na Third Street e entrou em sua propriedade. Estava em casa.

Como sempre, impressionou-se com a beleza da antiga casa com pilares, cercada de carvalhos. Em outubro haviam pintado a casa, e agora ela brilhava sob o sol do meio-dia. Ela ouviu, antes de ver, um ônibus de turismo com o guia que gritava dados sobre o bairro de Garden District e sobre as pessoas que moravam nesses belos prédios antigos. Esses turistas passariam pela frente da casa de Anne Rice, a escritora de livros sobre vampiros. Todos demonstrariam espanto ao ver o imenso lobo de pedra na sacada do segundo andar da casa da escritora. Depois, o guia lhes contaria sobre a igreja que Rice comprara, antes de levá-los para um tour até os campi de Tulane e Loyola. Apenas mais um dia de passeios turísticos rotineiros em Nova Orleans.

A varanda frontal mostrava exuberantes folhagens e samambaias penduradas, todas precisando ser aguadas. Talvez mais tarde, quando o sol baixasse. Por enquanto, precisava entrar. Com Rosie em uma das mãos e o almoço na outra, conseguiu enfiar a chave na fechadura da majestosa porta de teca. Trancou a porta assim que entrou, satisfeita por saber que Rosie não poderia sair.

Embora a casa fosse antiga, seus pais a haviam mantido sempre bem conservada, e agora as duas faziam o mesmo. No ano anterior, haviam pintado tudo, por dentro e por fora, e a aparência da propriedade ainda era excelente. Haviam se livrado de muitas peças antigas e confortáveis do mobiliário dos pais, substituindo-as por peças mais modernas, mas tão confortáveis quanto aquelas. As janelas compridas ainda tinham suas cortinas drapeadas. Haviam mantido os antigos tapetes, porque teria sido um sacrilégio passá-los adiante. O piso de madeira antiga e brilhante e a escadaria maravilhosa, feita em teca maciça, eram objetos de admiração por quem ali chegava. Ou, talvez, o que os encantava fosse o pé-direito alto ou os ornamentos de madeira trabalhada.

— Alguém em casa? Eu trouxe o almoço. Você nem adivinha o que comprei, e também não adivinha em quem esbarrei. — Do pé da escada, perguntou, em tom alto: — O que você quer beber? Refrigerante, chá ou uma cerveja gelada?

Lá de cima, veio a voz de Kitty:

— Chá, por favor. Você foi à cidade e comprou alguma coisa no Franky and Johnny's. Aposto que você viu novamente aquela tentação de homem. E então? Não estou nada mal em termos de adivinhação, mesmo com a cabeça toda congestionada pelo resfriado, não acha? Ele a convidou para sair?

— Não, não convidou porque não foi esse o tipo de encontro que tivemos. Rosie sabia que eles estavam por perto. Você deveria ver o que aquele cachorro fez com o carro dele. E não, eu ainda não sei como se chama.

— Eu o conheço de algum lugar — Kitty falou, pensativa. — Quando você pretende repor a porta de tela? Eu adoro aquela porta. Gosto de vê-la batendo, e gosto do jeito como range, não importando como a fechemos. Mamãe dizia que portas como aquela devem gemer, por serem de madeira, como antigamente, não como essas coisas modernas feitas de alumínio. Mal posso acreditar que aquele cachorrão passou com seu traseiro enorme pela nossa porta.

— Será que você consegue comer, Kitty? Como está sua garganta?

— Não se preocupe com isso. Conte-me sobre *ele*.

— Veja você mesma. Rosie não quer nem saber de mim. Nem tocou no ursinho que consertei. Tudo o que quer é aquele maldito cachorro e, o que é pior, ele também a quer. Como algo assim pode acontecer, se os dois são castrados?

— Hummm... não faço a menor idéia. Antes que eu esqueça, chegou um pacote para você. Está no corredor, sob a mesa.

Josie desembrulhou os sanduíches e os colocou no que sua mãe chamava de "pratos diários" — porcelana lisa, branca e pesada, com um grande e suculento morango pintado no meio. Restavam apenas quatro de todo o aparelho, além de duas xícaras e duas sopeiras. Os guardanapos que combinavam com a louça estavam velhos e desbotados, mas nenhuma das irmãs se dispunha a jogá-los fora.

A cozinha era alegre, com janelas basculantes que iam de uma ponta a outra da parede e um cantinho aconchegante para refeições. Perfeito para tomar o café-da-manhã, ler o jornal e observar os pássaros. O chalé de conto de fadas e a entrada com pedras pintadas como joaninhas eram claramente visíveis, algo que trazia um sorriso a cada uma das irmãs, a qualquer hora do dia.

Kitty serviu o chá na jarra de cristal que fora de sua avó.

— Quem enviou o pacote? — Josie perguntou, enquanto mordia seu sanduíche.

— A *Gourmet Party*. Provavelmente mais alguns exemplares da revista. Talvez queiram nos lembrar de fazer uma assinatura. Talvez devêssemos. A publicidade que a matéria da página central nos trouxe não tem preço. Talvez queiram que as ofereçamos aos nossos clientes. Mesmo assim, achei o pacote meio leve.

— Está bem, farei a assinatura. Alguém ligou enquanto eu estava fora?

— Ninguém. Parece que todos se escondem embaixo da terra às segundas-feiras. Muitas festas na Bourbon Street, nos fins de semana.

FERN MICHAELS

Portanto, pegue a caixa e abra já! Vamos ver o que nos mandaram. Se forem revistas, podemos dar uma à Sra. Lobelia, quando ela aparecer aqui.

Josie foi até o corredor, espiando para ver se Rosie vinha atrás. Seu coração afundou de tristeza quando a cadelinha continuou sob a mesa da cozinha. Ela pegou a caixa. Kitty estava certa: era leve. Agora ela estava curiosa. Seu sanduíche podia esperar.

Kitty observou enquanto Josie abria a caixa com uma faca afiada. Ela enfiou a mão por entre o plástico-bolha e puxou dali um bichinho de pelúcia.

— É um bóxer! Mas o que está acontecendo?

— Agora lembro onde vi aquele bonitão — Kitty exclamou. — Está na mesma revista onde nós aparecemos, mas nas últimas páginas. Quando nós a recebemos, fiz o mesmo que você, simplesmente li o nosso próprio artigo e ri um pouco. Então, um dia eu estava folheando a revista e lá estava ele. Seu artigo não é nem de longe tão destacado quanto o que fizeram conosco. O cachorro que você está segurando é igual ao dele. O mesmo que provocou o caos em nossa varanda. O que diz o bilhete? Ande, leia logo!

A cadelinha maltesa saiu de baixo da mesa e latiu de prazer ao ver o enorme bicho de pelúcia.

— Olhe só isso — Josie sussurrou para a irmã.

Rosie usou seu focinho para virar o animal até derrubá-lo da mesa. Ela abocanhou uma das orelhas e arrastou o brinquedo até sua cama, no outro lado da cozinha, inclinando a cabeça para o lado como se a indagar o que sua dona achava daquilo. Josie bateu palmas e disse:

— Boa menina, Rosie!

— Eu estava começando a me preocupar com ela. Você acha que nos enviaram o bóxer por engano e mandaram um bichinho igual a Rosie para... *ele*?

— Parece lógico. O que diz o cartão?

— Diz apenas que gostaram de trabalhar conosco e pensaram em nos mandar esta lembrança como um agradecimento. Um dos empregados da revista confecciona animais de pelúcia. Isso é tudo.

— Uau! O que você acha que ele dirá quando receber uma cópia de Rosie? Acha que virá devolvê-la a nós? Você poderia ligar para a revista e pedir o endereço dele. Eles lhe darão, quando contar sobre o engano.

— Não farei nada disso. Não vou tirar o brinquedo de Rosie. Olhe só, ela adorou! Onde está a revista? Quero ver o que diz sobre ele.

— Pensei que você não estivesse interessada.

— Não estou. Só quero ler.

— Então terá de esperar. Estou ouvindo um carro. Deve ser a Sra. Lobelia. A Sra. Lobelia e seus bolsos cheios de dinheiro.

— Guarde o artigo para mim, Kitty. Quero ler depois. Sabe de uma coisa? Vá em frente, só pela diversão, e peça o endereço dele à revista.

— Só pela diversão, hein?

— Claro, só pela diversão. Nunca se sabe. Talvez o conserto da porta de tela saia caro demais. Eu tive de comprar ferragens novas. Além disso, precisei comprar parafusos novos para as floreiras da janela. Novas plantas. Tudo isso custa caro. Pode ser que eu mude de idéia e envie a conta para ele.

— Está me parecendo um plano perfeito. Conte comigo.

Dois

Josie deu uma última mordida em seu sanduíche antes de correr até o espelho do corredor para conferir sua aparência. Ela torceu os cachos que caíam em sua testa, beliscou suas faces para torná-las mais rosadas e alisou a longa saia de linho. Novos clientes mereciam uma boa apresentação. Depois, lembrou-se da condição do piso do chalé, com toda aquela terra e a vermiculita pontilhando de branco o verde do carpete da varanda. "Se não tem jeito, que seja assim mesmo", pensou, enquanto saía e passava pelas pedras pintadas como joaninhas.

A mulher era miúda, tão pequenina à primeira vista que Josie pensou que via uma criança. Ela não era apenas graciosa, mas simplesmente belíssima, com seu penteado majestoso de tranças brancas como neve cruzando-se no alto como uma tiara e a pele imaculada. *Tem setenta anos, no máximo, e setenta anos com a melhor aparência que já vi*, pensou. Os passos da velha senhora eram joviais e ela usava uma saia colorida e rodada com blusa combinando. Um chapéu de palha e óculos de sol com lentes enormes balançavam em uma de suas mãos e, na outra, ela trazia uma bolsa Chanel. Os diamantes em suas orelhas e dedos davam-lhe um aspecto nobre. Josie avaliou o total de quilates em torno de doze ou algo assim. Talvez mais. Sandálias de palha natural com saltos de cinco centímetros e uma corrente com um diamante no tornozelo completavam toda a produção.

Marie Lobelia sorriu amistosamente, dirigindo-lhe um olhar brilhante. Josie encantou-se por ela naquele momento, combatendo o anseio de tomá-la nos braços e lhe dar um abraço muito apertado.

— Adoro isso — disse a frágil mulher, abarcando a propriedade com os braços. — É tão tranquilo, tão colorido! Eu nem sabia que esse lugar existia. — Ela agitou os braços novamente para indicar o chalé e o prédio comprido e quadrado onde estavam instalados a cozinha e o bufê.

— Minha irmã e eu estamos no negócio há três anos. Nossos pais administraram o bufê até falecerem. Morreram em uma explosão de uma tubulação de gás. Tudo isso foi reconstruído e ajardinado por nós. Acrescentamos mais flores, algumas folhagens e repintamos as joaninhas e o chalé. Desculpe-me pela condição do carpete, mas tivemos um pequeno acidente hoje de manhã. Precisei tirar a porta de tela e levá-la para reparos e não houve tempo de limpar o chão. Tenha cuidado ao passar por aqui.

A mulher sacudiu os braços novamente para demonstrar que não se importava com aquilo e indagou, piscando rapidamente ao cruzar a porta:

— Este prédio sempre esteve aqui?

— Sim. Era um galpão onde mamãe cuidava das plantas e, quando minha irmã e eu nascemos, meus pais acrescentaram um cômodo para servir como casinha para nós. Temos recordações maravilhosas ligadas a este chalé. Entretanto, meus pais nunca o usaram como fazemos agora. Eles mantinham seu escritório lá atrás, em outro prédio.

— É aconchegante e confortável — disse Marie Lobelia, sentando-se em uma cadeira de balanço de vime pintada de branco. — Já ouvi falar muito bem sobre seu serviço de bufê — disse, indo direto ao ponto. — Ano passado tentei contratá-las várias vezes, mas vocês estavam sempre muito ocupadas. Eu gostaria de contratá-las agora para dois eventos. Quero oferecer uma pequena recepção no Dia de Reis e, é claro, quero o bolo de Reis tradicional. Atualmente, as pessoas preferem colocar um bonequinho pequenino representando o menino Jesus dentro do bolo, e quem consegue pegar aquele pedaço é responsável por realizar a próxima festa. Eu prefiro como era antigamente. Quero as cores tradicionais do Mardi Gras. Quero que usem açúcar nas cores verde, amarelo e roxo, as cores do nosso carnaval aqui no sul. Tenho certeza de que já fizeram isso centenas de vezes. Só quero garantir que tudo fique muito claro, desde o início.

— Eu anotei aqui. Minha mãe sempre fazia um bolo de Reis para nós no Dia de Reis. Durante o Mardi Gras, havia uma festa a cada noite, até o fim do carnaval. Agora, diga-me o que gostaria de ter em sua festa. Quantos convidados? — indagou Josie, com o lápis preparado para anotar.

— Uma dúzia de pessoas, mais ou menos. Quero os pratos típicos de sempre, jambalaia, gumbo, *etouffée* e torta de amêndoas confeitada. Não exagere com a salsicha defumada, porque nossos estômagos não aceitam mais qualquer coisa, como antes. Espero que você tenha uma boa receita de molho. Prefiro um molho *roux* escuro. Quero que tudo seja autenticamente sulista. Deixarei os canapés por sua conta.

Josie anotou freneticamente.

— Tenho algumas receitas excelentes. Antes de decidir, consultarei a senhora. Mas há ainda outro evento?

Os diamantes nas mãos pequeninas brilharam sob a luz suave. Josie recostou-se em sua cadeira giratória para observar melhor a agitação da mulher ante aquela pergunta.

— Sim. Mas não tenho certeza... Quer dizer... Talvez eu esteja cometendo um erro... Parece a coisa certa a fazer, mas mesmo assim... Sim. Eu quero contratar seus serviços para uma festa de Dia das Mães. Uma turminha de setenta e oitenta anos consegue apreciar uma coisa assim sem cair no sono. Entenda, quero fazer isto por... para minha família. Quero dizer, pelos parentes que não têm mais filhos ou cujos filhos os esqueceram. Diversos primos talvez não vivam além do ano que vem, de modo que pensei... É um dia muito especial. Talvez eu esteja errada, por querer uma festa assim. O que você acha, *chère*?

— Acho maravilhoso ser lembrada no Dia das Mães. Minha irmã e eu sempre tentávamos fazer algo especial para a nossa mãe. Colhíamos flores, servíamos seu café na cama... Não podíamos fazer nada além disso, quando éramos mais jovens. Também cantávamos musiquinhas que havíamos aprendido na escola. Ela batia palmas e nos abraçava. Eram os melhores abraços — disse Josie, com a voz falhando. — A senhora tem filhos?

— Tive — respondeu a mulher, sem entonação na voz. — Minha filha mais velha morreu ao dar à luz. Seu marido mudou-se e levou consigo minha neta, que deve ter mais ou menos a sua idade agora. Nunca mais ouvi falar deles, desde aquele dia. Minha segunda filha morreu aos dezesseis anos, de fibrose cística. Meu filho... meu filho administra os negócios da família em nossa matriz de Nova York. Nunca o vejo. Às vezes ele me liga. Não posso mudar as coisas, nem tenho certeza se mudaria, se pudesse. Tudo na vida está escrito. Você não acredita nisso, *chère*?

Ela é tão triste. O que poderia ser pior do que não ter uma família?

— Sim, acredito. Agora, diga-me o que gostaria para a sua festa de Dia das Mães.

— Uma vez que as mulheres serão as mesmas, acho que precisaremos de um cardápio diferente. Eu cuidarei dos presentes e das flores. Todas as mães deveriam ganhar flores em seu dia. Será que é tão difícil assim enviar um cartão?

Josie fingiu que não percebeu as lágrimas que se formavam nos olhos castanho-claros, olhando para o papel na sua frente.

— Acho que minha irmã e eu podemos tornar esta data muito especial para a senhora e suas amigas. Falarei com Kitty e lhe transmitirei os detalhes, antes de tomarmos quaisquer decisões definitivas. Mais alguma coisa?

— Não sei se você sabe, mas eu ainda sou proprietária e administro uma pequena empresa que meu primeiro marido e eu fundamos. Empacotamos farinha de milho e oferecemos uma nova receita a cada três meses, nas embalagens. Minhas receitas acabaram. Eu gostaria de algo novo e diferente. Temo que a empresa esteja ficando ultrapassada. Preciso de algo que a levante. Não quero que meu filho volte e a tome de mim por achar que não sou capaz de administrar a empresa por causa de minha idade. Por enquanto, estamos contornando as dificuldades. Ao longo dos anos, aprendi que uma nova receita aumenta nossas vendas. Você acha que poderia elaborar alguma coisa? Pode fazer seu preço.

Que tipo de filho tinha essa doce mulher? Um tubarão, pelo que parecia.

— Acho que não sou tão talentosa, mas será que a senhora chegou a pensar em algo como um concurso de culinária? E, mais importante, vocês têm uma página na Internet? Caso contrário, conheço alguém que pode criar uma para a sua empresa. Talvez um prato que pudesse ser criado e preparado em algum lugar como o Commander's Palace, ou, talvez, o restaurante de Emeril Lagasse, se aprovar a idéia do concurso de culinária.

— Agora você está falando a minha língua, querida. Que idéia fabulosa! Eu não quero ser uma fracassada na minha idade. Ora, por que não pensei nisso? Precisarei de uma receita até o dia 1º de abril. Mal posso esperar para contar às meninas. A página na Internet parece uma idéia maravilhosa. Eu a farei. Será que há algum problema nisso?

Josie sorriu.

— Acho que não. A senhora é de origem cajun? Lobelia não me parece nome cajun.

— Lobelia é de origem indígena, dos índios choctaw. Entretanto, eu sou cajun, sim. Fui casada quatro vezes. Consegui sobreviver aos meus quatro maridos. Na minha família todos vivem muito. Ah, meu Deus, não discutimos seu preço. Farei um cheque como garantia e você me envia a conta para o resto, está bem?

— Esta é a nossa lista de preços. Talvez seja melhor examiná-la quando tiver mais tempo. Vinte por cento é o depósito inicial costumeiro. Podemos pensar no pagamento pela receita depois. Foi um prazer fazer negócio com a senhora — disse Josie, aceitando o cheque. Seus olhos arregalaram-se. — Isso é demais!

— Não, está bem assim. Não se preocupe. Apenas deposite. Será que se importaria em responder a uma pergunta?

— De jeito nenhum.

— A sua mãe era perfeita? Era perfeita como mãe? Sabe, uma daquelas mãezinhas de filmes para toda a família?

Josie riu.

— Acho que não existe isso de mãe perfeita. Mas para responder à sua pergunta, não. Minha mãe não era perfeita. Tinha defeitos e cometia erros. Ela sabia como pedir desculpas e dava os melhores abraços, e acho que isso compensava todo o resto, porque minha irmã e eu sabíamos que ela nos amava.

— Acho que foi aí que tudo começou a dar errado — murmurou Marie Lobelia. — Meu filho queria uma mãe perfeita. Ligue-me, *chère*. Meu número está atrás do cheque. Não precisa me acompanhar até a rua. Você precisa repor sua porta, querida.

Josie riu novamente.

— Está sendo consertada. É uma daquelas portas de tela antigas, de madeira, que rangem o tempo todo.

— O melhor tipo. Eu adorava ouvi-las batendo quando meus filhos eram pequenos. Alguém sempre fazia um furo na tela. Um dia a tela estava nova e, no dia seguinte, eu encontrava uma tira de fita adesiva sobre o buraco, com o metal da tela abrindo furos nela. Estou surpresa por me lembrar disso. Desculpe-me por divagar. É coisa de velho isso de recordar o passado. — Ela deu uma risadinha e saiu.

— Quem quer que seja o seu filho, ele é um *merda*! — Josie resmungou, quando ficou sozinha. — Mãe perfeita, até parece!

Josie recostou-se em sua cadeira de rodízios e fechou os olhos, mas abriu-os subitamente, para poder olhar o cheque no valor de vinte mil dólares. Sob qualquer perspectiva, aquele havia sido um bom dia de trabalho. Ela iria ao banco. Ou poderia ir até sua casa e olhar o artigo na revista *Gourmet Party*. Por outro lado, podia fazer as duas coisas. Podia ir ao banco *e* ler a matéria.

Josie arrumou sua escrivaninha e desligou o computador e as luzes, com a mente cheia de recordações de quando ela e Kitty convi-

FERN MICHAELS

davam amiguinhas para um chá de bonecas e aulas de dança nesses mesmos cômodos. Com que freqüência ela correra para o chalé com Kitty, quando não conseguia suportar a idéia de que receberia um castigo. Certa vez, haviam feito cortinas para as janelas em forma de diamante. Apenas quadrados de tecido muito colorido presos com alfinetes de segurança. Haviam sentido tanto orgulho daquelas cortinas! Agora, cortinas drapeadas e sobrepostas de organdi estavam penduradas nas janelas brilhantes. Não havia ursinhos de pelúcia ou bonecas com cabelos esticados e opacos nas cadeiras junto à janela. As almofadas macias e aconchegantes, perfeitas para serem abraçadas junto ao peito, também não existiam mais, tendo sido substituídas por almofadas floridas e feitas sob encomenda.

Num canto daquela sala, certa vez houvera um carrinho vermelho com rodas enferrujadas, próximo a um triciclo azul. Pilhas de blocos de montar, de todas as cores do arco-íris, guardados em sacos de aniagem que antes continham laranjas. Ela imaginou o que havia acontecido com o aparelho de chá com violetas pintadas no centro. Talvez sua mãe tivesse jogado fora, quando as peças começaram a enferrujar nas bordas.

Recordações. A Sra. Lobelia devia ter recordações assim. Recordações tristes, com as quais precisava conviver.

Josie fechou e passou a chave na porta dupla, que combinava com as vidraças em losango nas janelas frontais. Ela realmente precisava varrer a varanda. O simples pensamento de ter de limpar todas as minúsculas manchinhas brancas a fez tremer. Talvez o soprador de folhas fosse melhor para isso. Seria algo a fazer mais tarde, depois que fosse ao banco e lesse o artigo da revista.

— O que há para o jantar, Josie? — Kitty perguntou.

— O resto dos sanduíches e sopa enlatada. Estamos vinte mil dólares mais ricas hoje, querida irmã. Isso me faz tão bem! Eu me sinto ótima. Fiquei surpresa porque a Sra. Lobelia sabia sobre a coluna que eu escrevo para a *Gazette* durante a Quaresma. Você sabe, aquela na qual você inventa uma receita toda semana e eu a publico como se fosse minha. A coluna deu-lhe a idéia para a receita na sua embalagem de farinha de milho. Estou impressionada. — Então, ela contou à irmã suas idéias para promover o crescimento da empresa de sua cliente.

— O Commander's Palace e o Emeril Lagasse! Para um concurso de culinária! Como é que você pretende colocar isso em prática? — Kitty indagou, enquanto bebericava seu chá quente com rum.

— Eu apenas dei a sugestão. Pareceu boa naquele momento e ela esperava que eu dissesse algo. Mas não acertamos nada em definitivo. Sempre fomos boas na improvisação. Se não for isso, será outra coisa. Ei, talvez um piquenique em Evangeline Oak,* o lendário local de encontro de Emmeline e Louis. Lembra-se do poema *Evangeline*, de Longfellow? É a história verdadeira de Emmeline Labiche e Louis Arceneaux, dois amantes separados durante anos e que finalmente se reencontram. Todos adoram essa história e gostam de visitar o antigo carvalho. Como eu disse, é uma idéia. Mudando de assunto, você está melhor?

— Estou um pouco cansada, mas acho que isso é porque preciso assoar o nariz de dez em dez minutos. Acho que o pior já passou. Volto à cozinha amanhã. Leia a matéria da revista e eu aquecerei a sopa e os sanduíches. Ei, olhe para Rosie — sussurrou Kitty.

Josie olhou sob a mesa. Rosie dormia profundamente, com sua cabeça pequenina aninhada entre as patas do bicho de pelúcia. Josie sorriu.

— Belo artigo. Não tão bom quanto o nosso. Acho que por isso ele ficou nas últimas páginas e nós merecemos a página central. É fotogênico. Tem bom físico. Parece sempre tenso, meio rígido, sei lá. A arrogância também aparece na foto. Se é cajun, o que aconteceu com seu

---

* Parque municipal em St. Martinville, no estado da Louisiana, onde um carvalho (o terceiro escolhido para este fim) representa a árvore sob a qual Emmeline Labiche reencontrou Louis Arceneaux, depois de muitos anos de separação, e após ouvi-lo contar que se casara com outra, enlouqueceu e morreu logo depois. O poeta Henry Wadsworth Longfellow transformou essas personagens reais em Evangeline e Gabriel, os amantes de seu épico de ficção *Evangeline*, em 1847. (N.T.)

sotaque? Aqui diz que é cajun. Deve ter muito dinheiro. É dono de uma casa aqui no Garden District, de um chalé na Suíça e de uma casa no estado de Nova York. Coisa de gente rica. Praticamente dizem que é um playboy. Dinheiro antigo, de família. Só não dizem o que, exatamente, ele faz. Pelo menos agora temos um nome. Paul Brouillette. Poderíamos procurá-lo pelo catálogo telefônico. Isto é, se estivéssemos interessadas. Já que não estamos, não procuraremos — disse Josie.

— Eu já procurei. Escrevi o número no bloco ao lado do telefone, para o caso de querermos ligar para ele, o que, é claro, não faremos, de modo que provavelmente jogaremos fora o número — disse Kitty, em um fôlego só.

— Você já ligou para esse número, não ligou? — indagou Josie, com ar de suspeita.

Kitty piscou um olho para a irmã.

— Eu só queria ver se ele estava em casa. Não estava. A secretária eletrônica atendeu e eu desliguei. Não há nada de errado nisso. Eu queria ter certeza de que ele é quem parece ser, sabe, para o caso de você querer lhe enviar a conta pela porta de tela, como disse que faria. Aposto que você poderia tê-lo, se estalasse os dedos. Isto é, se estivesse interessada — disse Kitty, com expressão matreira, enquanto servia a sopa em duas das tigelas com pintura de morango.

— Não posso acreditar que você esteja tentando me juntar com aquele... playboy cajun de rabo-de-cavalo. Fala sério! E sabe o que mais? Vou mandar a conta pelos reparos, não importando quanto custem. As plantas saíram mais de cem dólares. A porta de tela sairá uns sessenta, no mínimo. Tive de comprar parafusos para as floreiras. Somando tudo, saiu bem caro.

— Por que não leva a conta pessoalmente? É tão perto que você poderia ir a pé! Dê uma chance a Rosie para arruinar a casa dele!

— Não pretendo devolver o cachorro de pelúcia, pode ter certeza. Olhe como Rosie está feliz. Nem fale mais nisso, está bem?

— Tudo bem, então. Você faz parecer que voltaremos a vê-lo. Como isso poderia acontecer? — Sua voz soava maliciosa novamente, enquanto ela levantava o olhar para o ventilador que girava devagar no teto da cozinha. — Acho que vai chover.

— Não mude de assunto. A meteorologia não falou em chuva. Aquela nuvem escura lá no horizonte está se afastando.

— Quando éramos pequenas, rezávamos para que chovesse para podermos pular nas poças d'água e fazer tortas de lama — disse Kitty, com melancolia. — Não me importo se já cresci. Quero fazer isso de novo. Imagino como seria correr nua na chuva e chupando uma manga.

Josie engasgou-se com a comida.

— Onde... O quê?

— Perguntei ao Harry se ele já tinha feito isso e ele me disse que não, mas que havia pulado uma cerca com arbustos cheios de espinhos, nu em pêlo e tomando cerveja na garrafa. Achei engraçado. Vamos fazer isso na próxima vez que chover. Desde que eu já tenha me recuperado da minha gripe.

— Obrigada por me contar — disse Josie, rouca. Kitty era bem capaz de fazer aquilo, sendo a mais aventureira das duas. A coisa mais ousada que Josie já fizera com um cara fora mergulhar sem roupas em um lago. Por ser dois minutos mais velha, ela achava que precisava servir de exemplo para sua irmã mais precoce. Grande exemplo!

— Vou limpar as coisas por aqui. Comece a pensar em uma nova receita para a Sra. Lobelia. Vou dar uma caminhada com Rosie.

— Sabe, eu fiz um mapinha indicando onde mora o Senhor Riquinho. Está numa folha, debaixo do número do telefone dele. Basta ir até o fim da rua, virar à direita, depois à esquerda duas vezes e *voilà*, você estará bem na porta dele.

Josie jogou o pano de prato nas costas da irmã, enquanto guardava aquela dica no fundo de sua mente. Não que tivesse intenção de segui-la. Além disso, como saberia o número da casa? Olhou em volta para ver se Kitty ainda estava por ali. Satisfeita, espiou sob a primeira folha de papel no bloco de anotações. Ali estava: 2.899. Seria difícil memorizar aquele número? Ela o jogou no fundo de sua mente, junto com a localização da casa.

* * *

Uma hora e meia depois, Josie desceu as escadas, com a guia de Rosie em uma das mãos.

Kitty assoviou, demonstrando apreciação de onde estava, no sofá.

— Bela produção para levar o cachorro para uma volta! Não é a mesma roupa que você passou dias procurando quando se encontrou com aquele diplomata, há pouco tempo? Você não disse que se sentiu mal durante vários dias, por ter gasto tanto ao comprá-la? E o que estou sentindo é perfume? Meu Deus, é perfume!! — disse Kitty, cheirando o ar, em aprovação. — E *é* o mesmo perfume que você comprou para aquele diplomata idiota com quem teve de praticamente brigar aí na varanda da frente. Você está bonita! Ele seria um tolo se não a quisesse.

— Eu só troquei de roupa porque derramei um pouco da sopa de tomate em minha blusa. Pare de bancar a casamenteira. O diplomata era mesmo um imbecil. É melhor tirar proveito dessa bela roupa. Quanto ao perfume, eu gosto. O que há de errado em usar perfume?

— Produziu Rosie também?

— Coloquei um laço limpo na cabeça de Rosie. Faço isso todos os dias. Tire já esse brilho do seu olhar. Você está tramando alguma coisa, não está? Nem ouse! Diga-me que não faria...

— Fingir que sou você e ir até lá para vê-lo? Ah, não. Isso é coisa de criança. Somos adultas agora. Além disso, não consigo me enfurecer como você sempre faz. Sou muito mais calma. Ele mataria a charada num piscar de olhos.

Josie sacudiu a guia e esperou por Rosie. Quando finalmente cruzou a sala de jantar até a sala de estar, a cadela trazia na boca o cão de pelúcia.

— Olhe só para isso — disse Kitty, rindo. — Ela está exausta por arrastar esse brinquedo. Parece que você terá de puxá-la em um carrinho, porque Rosie dá a impressão de que não agüentaria andar meio quarteirão e você tem uns quatro quarteirões até a porta da frente *dele*.

— Você está louca! De jeito nenhum vou puxar um cão dentro de um carrinho pela rua. As pessoas estão sentadas em suas varandas. Ririam de mim por toda a cidade.

Josie desabou no sofá, perto da irmã.

— Sinto falta daquele antigo sofá com a mola quebrada em uma das pontas. Deveríamos tê-lo mantido conosco. Uma vez que meus planos foram por água abaixo, acho que tomarei uma taça de vinho ou talvez uma cerveja. Bebe algo, Kitty?

— Uma cerveja. Ligue os ventiladores quando voltar. O calor já está chegando. Detesto tempo úmido. Meus cabelos ficam arrepiados. Acho que vou comprar uma daquelas coisas que alisam os cabelos.

— Não se dê ao trabalho. Não funcionam — disse Josie, estendendo-lhe uma cerveja. — Kitty, você acha que mamãe poderia ser considerada perfeita?

— Não sei não... Por quê?

Josie contou-lhe sobre a Sra. Lobelia e seu filho.

— Eu acho que nunca conheci alguém que tivesse uma mãe perfeita. E, por falar nisso, o que *é* uma mãe perfeita?

Kitty encolheu os ombros enquanto bebia a cerveja gelada.

— Acho que é alguém que faz tudo certo, antecipa cada necessidade sua, está sempre disponível, nunca se queixa e sempre sorri, não importando o que aconteça. Mas, olhe, mamãe não era nada disso. Lembra-se que ela batia em nossos traseiros com aquela colher de pau, quando fazíamos algo errado? Para mim, isso é uma mãe perfeita. Ela queria que soubéssemos distinguir o certo e o errado. Nunca cometíamos o mesmo erro duas vezes, de modo que acho que seu método funcionou. Que tal outra cerveja, já que você não vai sair mesmo?

— Claro, por que não? — Josie respondeu, desanimada. Ela detestava essas sessões nostalgia.

As gêmeas estavam terminando a segunda garrafa de cerveja quando o telefone tocou.

— Bem na hora — lamentou Josie. — Esse cara é viciado em horários. Será que *algum dia* já ligou dois minutos depois do combinado? Será que tem alguma espécie de cronômetro para avisá-lo da hora? Onde está a excitação da espera? Como é que se pode sentir ansiedade quando se tem certeza de que ele ligará precisamente às oito da noite? Se quer minha opinião, seu pretendente é o cara mais chato do planeta. Vou dar uma caminhada enquanto você conversa sobre assunto nenhum por duas horas.

— O carrinho está na porta da frente e Rosie está esperando por você — apressou-se Kitty a dizer. — Não se preocupe. Está escurecendo e ninguém a verá.

Rosie latiu com entusiasmo. Sair pela porta da frente dentro de um carrinho era novidade. Normalmente, Josie a puxava pelo jardim, contornando a casa. Ela latiu novamente antes de se aconchegar com o cão de pelúcia.

— Vamos só dar uma voltinha pelo quarteirão. Estou meio tonta e provavelmente nem deveria sair. Talvez só meio quarteirão. Isso. Só meio quarteirão.

Era uma noite bonita e tranqüila, com o ar limpo e fresco e o céu estrelado. Embora estivesse escurecendo, Josie distinguia vultos sentados na varanda das casas. Alguns vizinhos acenaram e a saudaram em voz alta. Ela acenou de volta. Os jasmins exalavam intensamente seu perfume naquela noite. Uma vez ela havia comprado o frasco de um perfume caro chamado Jasmine e se decepcionara tanto com o aroma que o jogara fora.

Josie estava prestes a fazer o retorno com o carrinho no fim do quarteirão quando ouviu os rangidos de rodas enferrujadas na rua pavimentada. Ela desviou-se rapidamente para o lado e se colocou junto do poste exatamente quando um vulto alto puxando alguma coisa virou a esquina. *Ele.* E, com ele, o caos. Aquilo que puxava bateu em seu corpo, empurrando-o para frente até fazê-lo segurar-se também no poste. O bóxer saltou e trotou enquanto Rosie dava latidos agudos e dançava em torno dele. O tráfego congestionou-se, enquanto adolescentes gritavam e assoviavam.

— Precisamos parar com esse tipo de encontro — disse o homem, em voz rouca, com um olho na mulher que prensara contra o poste e outro na folia dos cães.

— Por quê?

Muito esperta. Pergunta absolutamente inteligente. Mantenha a boca fechada para que ele não perceba seu hálito.

— Um encontro assim duas vezes num só dia é... bem estranho, não acha?

— Você diz isso a todas as mulheres que encontra? Esse seu cachorro é seu cúmplice, ou algo assim? Ai! — exclamou Josie de repente, ao perder o equilíbrio. Endireitando-se, ela segurou-se no poste. *Mas que droga, agora ele vai achar que estou bêbada. Lá se vai o efeito do vestido caro e do perfume escandalosamente bom.*

— Srta. Dupré, por acaso está... ãh... embriagada?

— Por acaso pareço embria... bêbada? — *Vá em frente, dê mais razões ainda para ele rir de você.* — Onde está seu sotaque cajun, seu... seu playboy? Li tudo sobre você. Minha irmã também leu.

— Perdi meu sotaque quando fui estudar no norte. Ele não era bem aceito em Princeton. Não sou playboy, mas gosto de me divertir. Estou lisonjeado porque você leu a matéria sobre mim. Eu também li sobre você. Por que não me deixa acompanhá-la até sua casa? Você parece meio tonta. E, se tiver mais perguntas, posso lhe responder — disse ele, pacientemente.

Será que havia mais alguma coisa a perguntar? Ela gostaria de poder pensar direito. Balançar-se em torno do poste certamente não ajudava em nada.

— Para falar a verdade, tenho uma pergunta, sim. Qual seria a sua definição de uma mãe perfeita?

Ele levou tanto tempo para responder que Josie teve de provocá-lo, espiando-o sob a luz amarelada do poste. Não estava tão tonta que não pudesse perceber o sofrimento em seus olhos ou os ombros encurvados.

— E então?

— Provavelmente alguém que sabe o nome do próprio filho, prepara o café-da-manhã, dá um beijo de despedida quando ele sai para a escola e escuta suas preces à noite, ao colocá-lo na cama. Você está escrevendo um livro? — ele perguntou, em tom seco.

— Minha mãe era assim, mas não era perfeita. Precisa ser mais que isso. Eu poderia escrever um livro, porque essa idéia... me intri... intriga — disse ela, com um soluço.

— Venha, vou levá-la em casa. Acha que consegue puxar esse carrinho ou devo fazê-lo por você? É incrível termos tido a mesma idéia. Zip gosta de andar de carrinho. Acho que sou meio bobo e ele manda em mim. Você está muito bonita.

— Essa é minha roupa de passear com o cachorro. Comprei-a para um encontro com um... diplomata. Ele tinha imunidade diplomática e poderia safar-se de *qualquer coisa*. Eu o deixei com um olho roxo e o mordi no pescoço. Vou jogar o vestido no lixo.

— Parece uma boa idéia.

— Por quê?

— Porque lhe traz recordações de uma experiência ruim. Por falar nisso, recebi um bichinho de pelúcia pelo correio, hoje. Tenho certeza de que era para você.

— Sim, porque eu também recebi um e era o seu, mas não quero trocá-lo pelo meu. Rosie o adora, acha que é o seu cão.

— Eu sei. Zip também parece achar que está com sua cadela. Ficou paparicando o bichinho a tarde inteira, por isso resolvi trazê-lo para um passeio.

— Rosie nem quis jantar.

— Zip também não. Talvez pudéssemos alimentá-los quando chegarmos à sua casa. Talvez queiram comer, agora que estão juntos. Pode ser?

— Claro, por que não? E que mais uma mãe perfeita faria?

O homem jogou as mãos para o alto.

— Sei lá... talvez não entregasse o filho para ser cuidado por uma empregada, talvez fosse assistir às suas partidas de beisebol e peças da escola. Uma mãe perfeita não seria ocupada demais e diria "Eu te amo" de vez em quando.

— Minha mãe fazia tudo isso, mas não era perfeita. Não, precisa ser mais que isso — disse, entre soluços novamente.

— Quando descobrir, por favor me conte. Olhe, você mora ali. Pelo menos a placa diz "Bufê Dupré".

— Eu sei, só pretendia entrar pela frente, porque é escuro demais para dar a volta pelo lado da casa. O que você quer fazer?

— Vamos entrar pela frente, então. Você provavelmente se mataria nessas pedrinhas ridículas em forma de joaninha.

Ele não gostava das joaninhas. Ela se livraria delas amanhã mesmo. De cada uma daquelas pedras.

Josie abriu a porta.

— Cheguei! — gritou para o andar de cima.

— Estou aqui! — respondeu-lhe a irmã.

— Kitty não aprecia visitas inesperadas, porque gosta de se arrumar quando espera alguém.

— Não pretendo demorar-me. É só o tempo de darmos comida aos cachorros e já vou embora.

— Então está bem — disse Josie, atirando-se em uma das cadeiras da cozinha. — Faça o que tem de fazer.

O relógio mostrava dez e meia da noite, quando Josie terminou o café que estava na sua frente. Ela apertou os olhos, tentando recordar o que dissera sob o poste. Tremeu ao lembrar que praticamente dançara em torno dele. Será que havia mesmo contado a ele sobre o diplomata? Claro que sim — sempre falava demais quando bebia muito, o que em geral ocorria na véspera do Natal. Por uma noite todo ano ela perdia o controle de sua língua. Agora eram dois dias. Ela limpou a garganta.

— Obrigada por me trazer em casa.

— O prazer foi todo meu. Não consigo lembrar a última vez em que tive uma noite tão boa. Esta casa é muito agradável. Você sempre morou aqui?

— Sim, exceto quando fui para a faculdade, e depois quando Kitty e eu nos mudamos para Baton Rouge, até a morte dos nossos pais. Voltamos para assumir os negócios. O artigo dizia que você também mora no Garden District.

— Moro, quando não estou viajando ou quando não estou na matriz da empresa.

— Por que você veio aqui, hoje cedo? Queria nos contratar?

— Acho que sim. Agora não tenho certeza. Não me olhe assim. Não tem nada a ver com você ou sua empresa. Não tenho certeza se estava fazendo a coisa certa. Normalmente, não tomo decisões por impulso, e aquela decisão era bem impulsiva. Não seria bom se você pegasse sua cadela e eu levasse Zip até o nosso carrinho para podermos ir para casa?

O bóxer recuou e emitiu um uivo que causou calafrios em Josie. Rosie começou a dançar em círculos, gemendo e batendo com uma patinha no chão.

— Temos um problema — disse ele. — Zip conhece a palavra "casa" e a palavra "carrinho" e não está com vontade de ir. E se eu o deixasse aqui esta noite e o pegasse pela manhã? Se ele ficar agora, tenho certeza de que se comportará até as oito da manhã. Eu virei pegá-lo nesse horário, se você concordar.

Josie friccionou suas têmporas.

— Parece que não tenho muita escolha. Pense em outra coisa. Não estou com vontade de aceitar seu cachorro comigo.

— Trarei rosquinhas crocantes. Você faz o café. Quer jantar comigo amanhã à noite?

Se queria? Claro que sim! Não, não queria. Não havia por que jantar com ele. Além disso, provavelmente ele só queria convencê-la a ficar com seu cão. Não, mil vezes não.

— Sim, a que horas?

— Sete e meia da noite. Pode ser no Commander's Palace?

— Sim, pode ser. — Ela descobriu que tinha um encontro. Kitty daria pulos de alegria. E o que usaria para sair com ele? Teria de sair para comprar uma roupa nova.

— Eu realmente gosto do jeito como você reformou esta casa. Parece um... lar. É aconchegante e alegre. Dá para sentir que moram pessoas de verdade aqui. Gosto da luz do sol de manhã.

— Eu também. Acho que a cozinha e o cantinho de refeições são meus locais favoritos em toda a casa.

Por um momento, ela pensou ter visto aquela mesma sombra de sofrimento nos olhos dele que vira sob o poste, mas ele se recobrou imediatamente.

— Vou levar os cães à rua para fazerem suas necessidades. Dez minutos, no máximo.

Josie correu até o banheiro, onde gargarejou longamente. Escovou os cabelos, beliscou as faces e passou batom rapidamente, tirando o excesso para não parecer que acabara de passá-lo. *Por que estou fazendo isso?*

— Não precisa me levar até a porta.

— Tudo bem, preciso trancá-la, de qualquer modo. Pode deixar o carrinho aqui, se quiser.

— Venho com o carro de manhã e o ponho no porta-malas. Obrigado por ficar com o Zip.

Ele estava tão próximo que Josie podia sentir seu hálito de menta. Ou seria o seu próprio hálito? Imaginou como seria repousar a cabeça contra o tórax na sua frente.

— Então, nos vemos no café-da-manhã.

— Às oito e quinze. Geralmente sou pontual.

— Isso é bom.

Ele parecia querer beijá-la. Josie pensou em recuar, mas em vez disso deu um passo à frente, caindo em seus braços. Nada no mundo poderia tê-la preparado para a sensação daqueles braços em torno do seu corpo, para o toque de seus lábios. Sentiu-se tonta, enquanto seu coração disparava contra o peito dele. E então sua cabeça estava apoiada contra a parede dura de seu tórax. A sensação era exatamente a que previra, maravilhosa e aconchegante.

— Boa-noite, Josie Dupré.

Sentindo-se quase hipnotizada, ela apenas assentiu, permanecendo na porta aberta até vê-lo desaparecer na noite escura e tranquila.

— Vi tudo do alto das escadas — exclamou Kitty, com gritinhos. — Como foi? Ele a convidou para sair? Ande, conte-me tudo. Por que o cachorro dele ainda está aqui?

— Em uma palavra, *espetacular*. Sim, vamos sair e o cachorro ainda está aqui porque não quis ir embora. Ele me trará rosquinhas para o café-da-manhã, desde que eu faça o café. Vamos ao Commander's Palace para jantar amanhã. Nunca fui beijada daquele jeito em toda a minha vida. Nunca. Ele tem olhos tristes, Kitty. Não sei por que, mas tem. Acho que não é o homem arrogante retratado pelo artigo da revista. É totalmente diferente. Não pergunte como eu sei. Só sei que sei. Suspeito, e isso é apenas um palpite, que algo muito ruim aconteceu em sua vida algum dia. Perguntei-lhe qual era a sua idéia de uma mãe perfeita e suas respostas me surpreenderam. É tão estranho. Todo mundo tem uma versão diferente para uma mãe perfeita. Preciso confessar que tão cedo não conseguirei esquecer esse beijo.

— Nossa! Espero que tudo dê certo, Josie. Quem sabe? Talvez seja o seu príncipe encantado. Poderíamos realizar um casamento duplo. Parece que as pessoas esperam que gêmeas se casem ao mesmo tempo. O que poderia ser melhor? — disse Kitty, batendo palmas.

— Nem me fale. Você pode fechar tudo hoje? Estou indo para a cama.

— Tenha bons sonhos.

— Acredite, terei.

Três

O aroma rico de torta de amêndoas que assava lentamente enchia a cozinha de aço inoxidável do Bufê Dupré. Cada queimador do fogão sofisticado continha algo igualmente cheiroso e apetitoso. Kitty estava, de acordo com Josie, "fazendo chover" na cozinha. Com as mãos pousadas nos quadris, Kitty olhou firme para a irmã e disse:

— Mamãe provavelmente está se revirando em sua tumba por saber que você não é capaz sequer de ferver água, Josie. Não é difícil. O que você pretende fazer se casar e seu marido quiser que a esposinha lhe prepare a comida? Diga-me — intimou-a, vendo a expressão vazia no rosto da irmã. — E então?

— Contratarei uma cozinheira! Para você, a culinária é algo natural, já que adora assar e cozinhar, mas eu não sou assim. Claro que posso sempre fazer ovos cozidos, café e torradas. Nunca passarei fome, desde que possa fazer essas coisas. Mas me diga: o que achou de você-sabe-quem?

— Um amor. Ele adora aquele cachorro. Qualquer homem que adore um animal vai para a minha listinha de favoritos. Pena ele não ter ficado mais tempo. Achei que você tinha dito que ele ficaria para o café-da-manhã, mas vir até aqui e largar tudo sobre a mesa não é bem minha idéia de tomar café com alguém. Ele pegou o cachorro e partiu como se o diabo o perseguisse.

— Falou que teve um contratempo. Talvez tenha se sentido intimidado ao nos ver aqui, juntas — disse Josie, pensativa, enquanto movia uma pesada panela de barro de uma ponta a outra do balcão comprido.

— Nada poderia intimidar aquele homem, acredite. Acho que as mulheres tendem a irritá-lo e frustrá-lo. Dá para sentir isso nas entrelinhas da matéria sobre ele naquela revista. Acho que ele não consegue competir com uma mulher. Alguns homens são assim. Eu sei que você é tão boa quanto ele, mas será que dessa vez poderia ser um pouco menos exigente e dar uma chance ao pobrezinho? Você não ficará nem um dia sequer mais jovem, irmãzinha. Faltam apenas alguns meses para fazermos trinta anos...

Josie colocou a panela de barro onde deveria ficar e, em seguida, organizou os utensílios de aço inoxidável.

— E então, o que são todas essas coisas? — perguntou, apontando para as panelas que ferviam no fogão.

— Algumas receitas que estou experimentando para a festa de Mardi Gras dos Brignac. Você disse que eles queriam algo diferente. Eu levarei uma provinha para Rosie daqui a pouco, para ver se ela aprova. Se gostar, irei em frente. Caso contrário, tentarei outra coisa. De quem é a vez de levar a comida ao abrigo? — perguntou. Todos os dias, uma delas levava aquilo que preparavam como teste para os residentes do abrigo para os sem-teto.

— Eu levei sexta-feira, de modo que hoje é a sua vez. Você estava ficando resfriada, lembra?

— Ah, é. O cheiro da torta está maravilhoso. Quer um pedaço quando esfriar?

— Não, obrigada. Esses quadris já estão com todo o estofo adicional que precisam. Vou até o chalé para começar a planejar a festa de Mardi Gras da Sra. Lobelia. Ela quer apenas o convencional. Também quero ver se escrevo alguns dos meus artigos para o jornal. Se me antecipar, não haverá tanta pressão como no ano passado. Acho que minhas duas primeiras receitas serão aquelas que você preparou semana passada. Gosto particularmente do caldo de caranguejo, porque atiça o paladar. Depois, acho que vou escrever algo sobre peixes. Quero fazer mais algumas experiências com os ingredientes, mas o principal será a forma de preparo do peixe. Quero que seja algo forte e substancial, nada suave. Se me vier alguma idéia, pedirei que compareça aqui, pelo intercomunicador. Você chegou a pensar em alguma receita nova com farinha de milho?

— Estou pensando em algo como uma torta aberta de caranguejo à moda cajun, com uma crosta feita com farinha de milho amanteigada. Ainda não me decidi sobre os temperos. Vou experimentar alguns, mais tarde. A imagem de uma torta assim ficará muito boa na embalagem da farinha, se tudo der certo. Por falar nisso, o que você pretende vestir hoje à noite?

— O que tiver no armário. Não pretendo me produzir toda, se é isso que você quer saber.

— Ah...

— Está decidido — disse Josie, enquanto abria a pesada porta de metal. — Até logo.

Josie olhou à sua volta, no quintal dos fundos. Será que imaginava coisas ou as árvores estavam mais verdes e o sol parecia mais brilhante? O ar não estava mais perfumado que ontem? Parecia-lhe que o céu era uma abóbada cor-de-turquesa. Os passarinhos cantavam com mais energia hoje. Será que sempre fora assim e ela não prestara atenção? Por que logo hoje conseguia perceber tudo isso? O que havia de tão especial? Ela havia limpado a varanda da frente, fixado as floreiras novamente na parede sob as janelas e as enchido de gerânios e petúnias coloridos. Rosie estava dormindo aconchegada em seu novo brinquedo e também no ursinho que ela consertara. Talvez fosse isso. Rosie superara sua depressão. Além de Kitty, Rosie era a única coisa no mundo que Josie amava.

Teria um encontro à noite, mas já tivera muitos encontros em sua vida e não havia nada de especial nisso. Deveria ser Rosie o motivo de seu bem-estar. O que mais poderia fazê-la sentir-se assim?

No momento em que se sentou à pequena escrivaninha, com a agenda aberta à sua frente, o telefone tocou, no mesmo instante em que o aparelho de fax começou a receber uma nova mensagem. Já passava bastante do meio-dia quando finalmente conseguiu respirar um pouco, e nesse ponto ela fechou com força a agenda, ligou a secretária eletrônica e pressionou o botão de intercomunicação perto da escrivaninha.

— O que houve? — Kitty indagou, em voz apressada.

— Já lhe digo. Tive de ligar a secretária eletrônica. Estamos totalmente ocupadas até o fim de maio. Isso significa que não podemos assumir um almoço ou sequer um chá, a menos que contratemos mais funcionários, e mesmo então não sei se adiantará alguma coisa. Você não consegue cozinhar mais do que já faz e os dias são muito longos. Detesto rejeitar clientes. Você tem alguma sugestão?

— Poderíamos contratar a garota da qual lhe falei, aquela que conheci quando voltei à escola de culinária para a reunião. É muito boa e disse que detesta seu trabalho, porque só lhe permitem fazer saladas, mas quer um salário alto e você disse que não estamos em condições de lhe pagar o que pede. Ela não pedirá demissão do emprego que tem sem alguma garantia. Você sabe como é difícil encontrar um emprego nesta cidade.

— Deixe-me fazer as contas. Não descarto essa possibilidade, mas, se descobrir que ela ficará com a maior parte do que ganharmos, não teremos nenhuma vantagem, exceto se aumentarmos nossos preços. Ainda teremos de pagá-la durante o verão, quando os negócios ficam tão minguados que mal conseguimos sobreviver. Que tal se contratássemos um aprendiz?

— Teremos o que pudermos pagar, Josie. Acho que não queremos sentir o medo de arruinarem o jantar de alguém. Temos uma reputação excelente. Por que arriscar?

— Como é que mamãe e papai conseguiam? Eles conseguiram sobreviver muito bem com o negócio, pagaram nossos estudos, tinham dinheiro no banco e sempre tirávamos um mês inteiro de férias.

— Os dois cozinhavam. Você não cozinha, Josie.

O silêncio no intercomunicador tornou-se denso. Josie respondeu, com os ombros caídos de desânimo:

— Falo com você mais tarde.

Não era como se nem ao menos tivesse tentado cozinhar. Tentara, mas os resultados haviam sido desastrosos. Kitty havia levantado as mãos ao céu em desespero em três ocasiões, quando tentara ensinar os fundamentos da culinária à irmã. Josie chegara mesmo a matricular-se em um curso noturno de culinária, em segredo, mas recebera seu dinheiro de volta após a terceira aula. Nem todo mundo tinha talento na cozinha. As pessoas eram diferentes e tinham diferentes habilidades. Kitty não conseguia fazer cálculos básicos, muito menos lidar com o computador.

Os ombros de Josie curvaram-se ainda mais. Tinha de fazer algo para aliviar o fardo de Kitty. Mas o quê? O que sua mãe teria feito em uma situação parecida? Seu olhar percorreu a prateleira estreita que corria de um lado a outro da sala. Durante a sua infância, ali ficavam pequenos brinquedos e enfeites. Hoje, continha fotos de família. Ela inclinou-se mais, para observar os olhos sorridentes de sua mãe. Desejou, como já havia desejado mil vezes antes, poder comunicar-se com a mulher dos olhos alegres. Gostaria que você estivesse aqui, mamãe, gostaria mesmo. Nem nos despedimos. Tenho muitas coisas para lhe contar. Meu Deus, eu tinha o hábito de lhe escrever cartas, mas nunca as entregava. Kitty também não. Primeiro, aquelas cartas estavam cheias de nossos problemas infantis, depois, de conflitos da adolescência e, finalmente, de problemas que tínhamos na universidade. Pelo menos, pensávamos que eram problemas. Talvez fôssemos mais espertas do que achávamos que éramos e sabíamos que tínhamos apenas contratempos e, por isso, nunca lhe entregávamos as cartas. Não sei o que fazer, mamãe. Não somos tão competentes quanto você e papai. Parece que não conseguimos encontrar um modo de fazer tudo dar certo. Kitty tem tido resfriados constantes e fica naquela cozinha do nascer do sol até a noite. Quando se casar, tudo terá de mudar. Não sei se conseguiremos manter o bufê.

Josie baixou o olhar para o bloco de folhas amarelas à sua frente. Ao longo dos anos, adquirira o hábito de escrever as cartas enquanto pronunciava as palavras em voz alta. As lágrimas faziam seus olhos arderem quando destacou a folha amarela do bloco. Ela a dobrou com cuidado e a enfiou em um envelope do Bufê Dupré. Secou os olhos com o dorso da mão, enquanto se dirigia ao segundo cômodo do chalé, onde estavam os arquivos. Percorreu as pastas até encontrar uma com a etiqueta de *Cartas de Josie para mamãe*. Ela abriu a pasta para colocar ali sua carta. Havia uma centena delas, talvez mais, na pasta-sanfona marrom. Pegou uma delas, após muitos anos sem ler o que havia escrito, porque fazê-lo doía demais.

Querida mamãe,

Você disse que não deveríamos ser más ou fazer coisas ruins. Você foi má e fez uma coisa ruim hoje, quando disse que meu cabelo estava parecendo o arbusto que há na frente da casa. Eu escovei meus cabelos, mas você se esqueceu de comprar aquele creme que uso para ajeitar meus cachos. Charlie White ouviu você dizendo isso e riu de mim a manhã inteira, na escola. Kitty disse que eu não deveria chorar, então não chorei. Hoje não gosto de você, mãe. Talvez goste de novo amanhã. Kitty disse que gostarei, mas talvez ainda não goste.

Sua filha Josephine

Josie tornou a guardar a folha pautada no envelope branco que tinha "mamãe" escrito na frente. Recordava muito bem aquele dia. Naquela noite, encontrara dois frascos de condicionador no banheiro e chorara até cair no sono.

Talvez devesse queimar as cartas ou rasgá-las e jogá-las no lixo. Ainda doía sua leitura. Será que algum dia chegara a escrever alguma carta alegre? Em caso positivo, será que a entregara à mãe? Por que não conseguia lembrar? "Eu queria que você estivesse aqui, mamãe. Queria muito. O padre Michael disse que você está sempre conosco, em espírito. Para mim, é difícil acreditar nisso. Talvez se me desse um sinal ou fizesse algo, eu pudesse entender. Não sei o que fazer."

Ela estava de pé ali, como uma boba, esperando uma resposta, quando sabia que não haveria uma. Sua mãe costumava dizer: "Que menina bobinha! Por que você faz isso?" Sua resposta era sempre a mesma: "Porque eu sou eu e quis fazer o que fiz."

— Calma, Rosie, qual é o problema? — perguntou, enquanto se abaixava para levar a cadelinha agitada ao colo. — Ah, então é isso. A porta abriu-se. Os papéis voaram e estão todos no chão. Está tudo bem, querida. Vou arrumar tudo, não se preocupe. Espero que o conserto da porta de tela não demore muito.

Ela ajoelhou-se para recolher os papéis e as pastas. A folha amarela com suas anotações. Então, esticou o pescoço para olhar para fora das janelas em forma de losango. Não havia sequer a mais leve brisa. Então, deu-se conta da solução. Quem poderia salvá-la de todos os seus problemas era Marie Lobelia. Era estranho descobrir a página com as anotações de sua reunião com a Sra. Lobelia bem na sua frente, porque estava no alto da pilha de papéis em sua mesa e deveria estar bem embaixo de toda aquela confusão de folhas no chão. Em vez disso, estava bem na sua frente, no meio do piso, com todos os outros papéis espalhados pelos quatro cantos do cômodo. *Mamãe?*

Coincidência. Ela não prestaria a mínima atenção ao tremor em seus braços e pernas. Não iria pensar sobre isso, nem mencionar o fato a Kitty. Nunca, em mil anos.

— Venha, Rosie. Quer dar uma voltinha até o Quarteirão Francês? Deixe-me apenas copiar o número de telefone e o endereço. Sim, pode levar o clone do Zip com você. Tudo bem, vamos!

Josie chamou a irmã pelo intercomunicador.

— Vou até a cidade. Quer que lhe traga algo?

— Pare na loja de CDs e veja se eles ainda têm aquele de Corinda Carford. Acho que se chama *Mr. Sandman*.

* * *

Josie adorava o *Vieux Carré*, o Quarteirão Francês, como a maioria dos habitantes de Nova Orleans. Agradava-lhe a idéia de uma área residencial dividir suas ruas com lojas, restaurantes e outros estabelecimentos comerciais. Ela sempre se sentia cheia de vida com o que via, ouvia e com os aromas que lhe chegavam da grande cidade portuária e do centro de entretenimento. Respirou fundo, satisfeita. Por viver em Nova Orleans durante a maior parte de sua vida, ela sabia que por trás dos magníficos portões de ferro de seus prédios poderia encontrar quintais tranqüilos, escondidos da vista de quem passava, e que Marie Lobelia morava atrás de um deles. Fechou os olhos por um momento, tentando visualizar o jardim daquela velha senhora. Devia ser lindo, tanto quanto a própria figura aristocrática que havia conhecido.

Josie estacionou o carro e pegou sua cadelinha e a tira de papel contendo o endereço de Marie Lobelia. Seu olhar percorreu os números das casas. Ainda tinha uma quadra e meia para percorrer. Rosie remexeu-se até sentir-se confortável e começou a lamber a orelha de sua dona, que riu até chegar ao endereço que procurava, onde tocou a campainha e aguardou pacientemente que a porta se abrisse.

— Srta. Dupré! Que surpresa agradável! Por favor, entre.

— Sra. Lobelia, seu jardim é tão lindo! Será que poderíamos sentar aqui fora? Tem sombra e está maravilhosamente fresco.

— Acho que, em todo o planeta, este é o meu lugar favorito. Este prédio foi a primeira coisa que meu pai comprou. Está na família há muitas décadas. Mudei-me para cá quinze anos atrás. Você aceita um refresco? Talvez chá, refrigerante ou algo mais forte... Talvez uma cerveja?

— Chá com açúcar está bom para mim, obrigada.

— Minha ajudante foi ao mercado. Eu trarei para você. Fique à vontade e pode deixar sua cadelinha solta, porque não há risco de fugir com todos esses muros.

Josie admirou, boquiaberta, o magnífico carvalho no centro do jardim. Barbas-de-bode balançavam-se nos galhos. A árvore deveria ter uns trezentos anos. Ela tentou calcular o diâmetro do tronco enorme, mas desistiu. Seriam necessários pelo menos quatro homens adultos com braços longos para contorná-lo. Um banco de ferro fundido dava a volta em toda a árvore. Josie sabia que fora feito sob encomenda, já que não se percebiam emendas no ferro. *Impressionante*, pensou. Por onde olhasse, via flores coloridas em vasos de barro, pendurados nos belos muros baixos de tijolos, na altura certa para serem regados. As pedras do chão também eram bonitas, com musgo verde-esmeralda crescendo entre elas, algumas das quais haviam sido deslocadas pelas raízes pesadas e grossas da árvore antiga. Isso não alterava em nada a beleza do jardim. Ela tirou os sapatos e passou os dedos dos pés pelo musgo sedutor, enquanto Rosie farejava em cada fresta e fenda do jardim. Ela cuidou para não estragar o musgo, que era considerado precioso pelos moradores de Nova Orleans.

Josie escolheu um pequeno banco de ferro fundido com uma almofada tão colorida quanto as flores dos vasos nos muros para se sentar. Rosie pulou imediatamente e sentou-se ao seu lado. *Eu poderia cair no sono bem aqui,* ela pensou. *Será que os filhos da Sra. Lobelia brincavam aqui, quando eram pequenos?* De algum modo, ela sabia que eles haviam subido na velha árvore e se balançado em seus galhos retorcidos, porque também teria feito isso.

— Aqui está, querida. E, então, gostou do meu jardim?

— É tão bonito que nem sei o que dizer. Essa árvore é tão maravilhosa que me deixa sem palavras. Seus filhos subiam nela, quando eram pequenos?

— Sim, subiam. Eu também, por falar nisso. Às vezes, acho que a árvore chora pela ausência das crianças. Sabe, eu converso com ela e com minhas flores. Toco música para elas. Mas, veja bem, não sou uma velha maluca. Há uma pequena fonte lá atrás, perto de uma gruta, mas não está funcionando hoje. Precisamos substituir algumas mangueiras. É muito difícil encontrar quem faça essas coisas atualmente. É um serviço pequeno e ninguém quer gastar tempo ou esforço com trabalhos pequenos. Só pensam no dinheiro e no quanto poderão arrancar de você. Agora, me diga: o que a traz aqui e o que posso fazer por você? Não me diga que já tem uma receita para mim.

FERN MICHAELS

— Sou boa, mas não tanto assim, Sra. Lobelia. Na verdade, estou aqui para lhe fazer uma proposta.

— Eu gostaria que você me chamasse de Marie e, se concordar, gostaria de chamá-la por seu primeiro nome. Que tipo de proposta?

— Suas convidadas para a festa de Mardi Gras e aquelas que pretende surpreender no Dia das Mães são todas mais ou menos da sua idade, aposentadas, por assim dizer?

— Sim, são. Por quê?

— Alguma delas cozinha bem?

— Todas são excelentes cozinheiras. Discutem e brigam por causa de receitas o tempo todo. Passamos muito tempo falando sobre os bons tempos. — O rosto miúdo e marcante assumiu um ar de horror completo ao dizer: — Hoje comemos arroz pré-cozido! Compramos na loja de congelados. É tão horrível que tenho vergonha de admitir que não apenas compramos, mas também comemos essas coisas. O arroz vem em uma tigela descartável, isto é, não é preciso lavar a louça. Sem lavagem de louça, sobra mais tempo para assistir às novelas. Hoje assistimos a todas! — exclamou. — Adorei sua visita.

— Preciso de boas cozinheiras. Acho que dei um passo maior que as pernas. Minha irmã anda exausta. Como você disse, é difícil encontrar bons profissionais. Eu estava pensando que, se algumas parentes ou amigas suas pudessem trabalhar durante algumas horas por dia, isso seria maravilhoso. Eu tenho uma caminhonete, de modo que poderia pegar todas elas e levá-las em casa depois. Seria principalmente para o finzinho da tarde. Pagarei o que pedirem.

— Pagar? Posso dizer-lhe com certeza que nenhuma delas aceitará um centavo sequer. O que elas farão será passar por cima de nós duas, quando eu lhes contar. Veja Réné, por exemplo. Ela é especialista em *andouille*.* Tem receitas que você nem imagina. Algumas dessas receitas têm mais de cem anos e foram passadas de mão em mão em sua família. Ela é a melhor. Yvette é mestre em jambalaia. Tem receitas que nunca saíram de sua família. Charlet é nossa especialista em

---

* Salsicha francesa defumada, feita principalmente de intestinos de porco. (N.T.)

gumbo. Todas eram cozinheiras maravilhosas na juventude. Desde que você não exija mãos firmes ou mentes aguçadas, elas certamente concordarão em ajudá-la.

— Isso me faz sentir um pouco melhor. Pretendo entrar em contato com elas o quanto antes. E qual é a *sua* especialidade, Marie?

— Por que você acha que comprei as tigelas de arroz? Nunca cozinhei bem. Tudo o que cozinhava parecia igual. Insosso, não importando quanto eu temperasse o alimento. Entretanto, sempre administrei bem os negócios do meu pai. Quando as crianças eram pequenas, tínhamos todo o tipo de ajuda: uma cozinheira, uma lavadeira, alguém para limpar, alguém para cuidar das crianças. Nunca tive de aprender essas coisas. A verdade é que detesto cozinha.

— Também sou assim. Cheguei a fazer um curso de culinária, mas me devolveram o que paguei. Neste sábado, teremos duas festas. Uma à tarde, na qual serviremos às dezesseis horas, e um jantar, servido às vinte horas. Será que é cedo demais? Posso deixar uma cópia do cardápio com você. Não vai trabalhar hoje, Marie?

— Vou ao escritório apenas durante algumas horas, de manhã cedo. Preciso estar aqui com minhas amigas. Algumas delas não são tão... ágeis quanto as outras. Os negócios vão em frente sem minha ajuda, por assim dizer. É tão difícil aceitar que aqueles a quem amamos se esqueceram de nós! Faz cinco anos que não vejo meu filho. Ele me liga de tantos em tantos meses para ver como estou. Ligou-me ontem. Antes disso, ligou-me uma semana antes do Natal. Não suporto a idéia de que ele não tem tempo para mim. Talvez eu seja uma velha tola, mas não me importa. Sempre que escuto sua voz, meu coração se parte mais um pouquinho. É muito doloroso. Mas já chega de lamentações. Há algum namorado em sua vida, querida?

— Na verdade, não. Minha irmã diz que sou exigente demais. Talvez eu queira ouvir sinos tocando. Quando eu entregar meu coração, será para sempre. Minha mãe deu seu coração ao meu pai. Ela me disse, uma vez, que pronunciou exatamente essas palavras, no dia de seu casamento. Ela disse: "Eu lhe entrego meu coração para sempre."

FERN MICHAELS   56

Eu era pequena quando a ouvi contar essa história, mas nunca esqueci. Mas tenho um encontro hoje à noite. Iremos jantar no Commander's Palace. Mal posso acreditar que sairei com um homem que usa rabo-de-cavalo. Eu o conheci quando ele veio contratar-nos, e foi o cachorro dele que fez toda aquela bagunça em nosso chalé. Depois eu o encontrei novamente ontem à noite, quando levei minha cadela para passear. Ele acabou me acompanhando até minha casa. Nossos cachorros estão apaixonados um pelo outro.

— Parece o início de um dos romances que costumo ler. Um romance ruim — disse Marie. — E o que mais ele tem de interessante?

— Acho que é rico. Viaja muito e parece amar seu cachorro. Veste-se bem e tem um corpo muito malhado. Provavelmente é um daqueles caras que não esquentam muito com uma mulher. Não tenho tempo para homens assim. Nem mesmo sei por que concordei em sair com ele. Provavelmente por causa dos cachorros. Ah, esqueci de lhe contar: ele deixou seu cachorro comigo, na noite passada. Estou começando a ficar nervosa, ao pensar nisso tudo. Eu sei onde ele mora. Poderia passar lá e cancelar nosso encontro.

— Deus do céu, por que você faria isso? Vá e se divirta. Posso garantir que a concorrência não é grande, porque você é uma bela mulher. Vá atrás do que quer. Faça-o dançar no seu ritmo. E não sirva de babá para um cachorro novamente!

— Sim, senhora! — Josie disse, batendo continência, sorridente.

— Gostaria de conhecer minhas amigas, antes de ir?

— Mas é claro!

Marie enfiou dois dedos na boca e emitiu um assovio muito agudo, dizendo:

— Isso as trará até aqui correndo. Aposto que você não consegue assoviar assim!

— Quer apostar? Kitty e eu competíamos no assovio. Eu sempre vencia. Ouça isso.

Marie tapou os ouvidos com as mãos.

— Foi bom mesmo. Muito bom. Ah, aí estão elas.

As velhinhas eram de todos os tamanhos e formas, e todas tinham amplos sorrisos. Como Marie, usavam roupas coloridas e muitas jóias. Em francês, falando muito rapidamente, Marie Lobelia apresentou o pedido de Josie e terminou dizendo:

— *Laissez les bons temps rouler.*

Josie deu uma risada.

— Sim, deixem os bons tempos rolarem. Voltarei amanhã para pegá-las, por volta da uma da tarde. Será que não vou atrapalhar suas novelas?

— Absolutamente não.

— Então eu as vejo amanhã. Tranquem o portão depois que eu sair.

Josie pegou Rosie e foi sorrindo até chegar ao carro. Ainda sorria quando estacionou o Explorer na frente de casa. Talvez os bons tempos realmente estivessem por chegar. Agora, precisava contar a Kitty o que havia feito. Ela cruzou os dedos, esperando que sua irmã aprovasse sua idéia.

— Isso é ótimo! — Kitty exclamou ao escutar as novidades. — Não, é melhor que ótimo! Eu posso aprender com elas. Meu Deus, Josie, pense em todas aquelas receitas preciosas passadas de mão em mão nas famílias e nunca divulgadas! Acho que essa provavelmente é a melhor idéia que você já teve. Parabéns!

— Fico feliz, mas agora preciso ir. Tenho de encontrar algo para usar hoje à noite. Como ficou a torta de amêndoas?

— Perfeita. Fiz uma daquelas tortas de caranguejo com a farinha de milho. Ficou bom, mas está faltando algo. Prove e veja se descobre o que é.

— Aaaah, mas está ótimo, Kitty. Talvez precise de um pouquinho mais de sal. Nada de mais tempero. Está mais do que saborosa. Com pão francês bem crocante, uma salada verde fresca e uma boa garrafa de vinho, dá um jantar leve, perfeito, ou um almoço sensacional. Também serve como reforço para o café-da-manhã. Acho que não falta nada, mas quem sabe das coisas aqui é você. Peça para aquelas senhoras provarem, amanhã. Elas, sim, serão um teste de verdade para seus pratos. Corte um pedacinho para Rosie.

FERN MICHAELS

— O que você vai vestir? — Kitty perguntou, cortando uma grossa fatia da torta, que embrulhou em um guardanapo antes de enfiar a torta no refrigerador.

— Não tenho idéia. Aquele rabo-de-cavalo me aborrece.

— Pois cancele! Temos o telefone e o endereço dele.

— Eu sei. Mas já está em cima da hora, e eu detesto quando alguém cancela comigo em cima da hora. É só um jantar. Não preciso vê-lo de novo, se não quiser.

— O que ele faz, exatamente? Você sabe? O artigo dizia apenas que tinha muitos negócios.

— Eu não sei, mas, se você quer saber mesmo, perguntarei durante o jantar. Acho que usarei o meu pretinho longo com o colar de pérolas.

— É sem graça — disse Kitty, rolando os olhos.

— E que tal o vestido marrom de linho com aquele cinto dourado?

— Marrom não realça em você. Se estivesse bronzeada, seria diferente. E que tal aquele vestido verde e transparente que você usou algumas semanas atrás? Voltou da lavanderia segunda-feira passada. Se você usar aquelas sandálias sexy de tirinhas, ficará perfeito.

— É, parece bom.

— Escove os cabelos para trás e vá com aquela faixa de cabelos dourada. Aquela com os brincos combinando. Se escová-los para trás, não parecerá tão jovem e moleca. É melhor parecer sofisticada.

— Por que tantos conselhos, Kitty? Você não fez isso quando saí com Mark ou com aqueles outros caras cujos nomes nem lembro mais.

— Eu sabia que aqueles não tinham chance. Esse cara é diferente, pode acreditar.

— Ah, sim.

— Ah, sim! — Kitty deu um grande sorriso. — Vá, tenho de anotar algumas receitas. Passarei a noite na casa do Harry, então não se esqueça de trancar tudo ao voltar, está bem?

— Sem problema. Dê um "olá" a Harry por mim.

— Certamente.

* * *

Josie estava mais nervosa que um gato na chuva. Como um simples encontro podia deixá-la naquele estado?

"Ah, mamãe, eu gostaria que você estivesse aqui. Você diria a coisa certa e eu me acalmaria. Entrei num banho de espuma, lavei os cabelos e depilei as pernas. Não me pergunte por quê. Estou usando um belo vestido, sapatos elegantes, calcinha e sutiã de renda — não que isso importe —, e estou linda. Dizem que o perfume que estou usando transforma qualquer homem em um idiota babão. Tudo isso deveria fazer com que eu me sentisse no controle. Eu deveria me sentir confiante e... cheia de energia, mas estou com os nervos à flor da pele. Sobre o que poderei falar? Primeiros encontros são tão... tensos. E se não conseguir manter a conversa? Ele tem cabelos compridos, mãe. Você me conhece, sou tagarela e sei que acabarei dizendo as coisas erradas. Meu Deus, como eu queria que você estivesse aqui."

Josie murmurava para a mãe, sentada na cama. De algum lugar ao longe, ouviu as palavras de uma canção que conhecia: *You are so beautiful*. Devia ser Kitty, ouvindo música. Ela levantou-se e sentiu as pernas tremerem, enquanto caminhava até a janela. As luzes ainda estavam acesas na cozinha experimental. Isso significava que Kitty não havia entrado em casa. Girou, jurando que havia sentido o aroma da colônia de lírios da mãe. Uma onda de tontura percorreu-a. Não vinha nenhuma música do andar de baixo.

"Mamãe, é você, não é?", perguntou, girando novamente e quase torcendo os tornozelos nas sandálias altas.

O quarto parecia o mesmo e estava tão silencioso quanto antes. Por que o espírito da mãe entraria em contato logo agora? Por que agora, após tanto tempo? De repente, sentiu vontade de chorar, mas, se fizesse isso, o rímel escorreria em grossos fios pretos por sua face. Olhou o relógio de pulso. Sua imaginação estava passando dos limites. Era hora de descer.

Ele era pontual, tinha de admitir. Mas, sendo um homem de negócios, isso era natural, não? Ela sorriu-lhe e de repente tudo parecia certo. Será que isso se devia ao olhar de aprovação nos olhos dele, ou a Rosie, que saltitava em torno dos tornozelos do guardião de Zip? Ela observou, enquanto Paul se curvava para pegar a cadelinha, que o cheirava com verdadeira fúria.

Ele deu um sorriso, mostrando dentes muito brancos e brilhantes.

— Assim Zip saberá que eu vi a sua *amada*!

Josie sorriu, compreensiva.

— Ela nunca se afasta do boneco do Zip. Nem liga mais para o ursinho que consertei. Até a sua chegada, com seu cachorro, ela nunca se desgrudara dele.

— Zip perdeu toda a alegria, fica o tempo todo andando como um tonto pela casa. Eu o levei comigo hoje e ele nem quis sair do carro. O mesmo carro que fez em pedaços. Por falar nisso, iremos no meu carro em frangalhos. Dei uma ajeitadinha nos farrapos. Terei de ir a algum lugar para consertá-lo, amanhã. Espero que você não se importe de irmos nele. Coloquei toalhas sobre o assento.

— Não tem problema. Podemos ir, se você quiser.

— Você não imagina como esperei por este momento, o dia inteiro.

Josie sentiu seu coração saltar. Não havia qualquer timidez nesse cara.

— Eu costumava ir ao Commander's Palace quando Paul Prudhomme era o chef de cozinha. Ele servia aquela truta maravilhosa com nozes. Nunca provei nada igual, nem de perto tão bom. Espero que você não fique desapontada.

O peito de Josie acalmou-se. Ele falava sobre peixe e nozes, não sobre ela. Viu-se tentada a fazer um comentário ácido, mas em vez disso optou por morder a língua.

— Tenho uma receita excelente de truta com nozes, que eu mesma criei. Nós a servimos com uvas pretas e um vinagrete adocicado. Já ganhamos um prêmio com a receita.

— Quem sabe você prepara para mim, um dia desses? Você deve ser muito boa na cozinha, para estar na página central da *Gourmet Party*. É verdade que estão com tanto trabalho que já começaram a recusar clientes?

Mas que droga. Agora ela estava nervosa. Podia sentir a vermelhidão subindo por seu pescoço e rosto. Se tivesse de confessar que não sabia cozinhar, esse era o momento.

— Sim, estamos muito ocupadas. Eu tenho uma lista de espera, se houver cancelamentos. Mas na época do Mardi Gras ficamos sempre lotadas, e logo vêm a Páscoa e o Dia das Mães. Julho e agosto são mais calmos, todos os anos, mas as coisas recomeçam depois do Dia do Trabalho.* É como dizem: dia de muito, véspera de nada. Por falar nisso, você não me disse o que faz.

— Eu gerencio minhas empresas.

— Que tipo de empresas?

— Temos uma cadeia de restaurantes de fast-food que serve apenas pratos cajun. Empacotamos temperos cajun, apenas no Sul e aqui, em Nova Orleans. Também embalamos carne. Eu meio que herdei os negócios, quando meu pai morreu. Filho mais velho, filho único, essas coisas... Temos outra cadeia de restaurantes no Norte, também de fast-food, mas apenas peixe frito e batatinhas. Eles fazem sucesso. Estou sempre buscando novas receitas. De vez em quando, realizamos concursos de novas receitas.

— E você tem sotaque cajun — disse Josie.

— E olhe que me esforcei muito para eliminá-lo. Na época, parecia o melhor a fazer, se eu quisesse ser aceito fora daqui. Depois, lamentei.

— Deve ter sido difícil negar suas raízes. Acho que eu não conseguiria fazer isso.

— Na época, neguei muita coisa. Infelizmente, não se pode mudar o passado, mas podemos aprender com ele. Às vezes, simplesmente não conseguimos corrigir certas coisas.

— Não acredito nisso — retrucou Josie. — Todo mundo erra. Acho que não existe uma só pessoa no mundo que não tenha cometido erros. Além disso, todos merecem uma segunda chance. Entretanto, quando falhamos outra vez, então merecemos sofrer as conseqüências.

— E com essa declaração tão profunda, acho que está na hora de entregar o carro ao manobrista e ver que tipo de delícia podemos devorar. Por falar nisso, como estavam as rosquinhas que levei de manhã?

---

* Em 3 de setembro, nos Estados Unidos. (N.T.)

— Já estavam velhas.

Ele riu.

— Podemos tentar novamente amanhã.

— Por que não?

— Então, temos um novo encontro para o café-da-manhã. Posso levar Zip?

— Claro que sim.

Ah, sua tonta! Ele vai fazê-la de babá do cachorro outra vez! Eu sabia!

— Você é divertida, Josie Dupré — disse Paul, abrindo a porta para ela e percorrendo suas pernas com um longo olhar.

Então, esse é um cara louco por pernas.

— Minha mãe nos ensinou a ser sempre bem-humoradas, mesmo se precisássemos ranger os dentes de raiva, em silêncio.

Ele riu novamente e Josie adorou aquele som. Adorou! Mas precisaria dar um fim naquele rabo-de-cavalo. Não pretendia dizer isso em voz alta, e chocou-se quando as palavras derramaram-se de sua boca por impulso.

— Por que você usa rabo-de-cavalo?

— Porque gosto. Meus cabelos são mais encaracolados que os seus. Quando eu os escovo para trás, ficam lisos. Você não gosta?

— Não sei. Nunca havia saído com um homem que usa cabelos mais longos que os meus.

— Há sempre uma primeira vez para tudo.

— Acho que sim — respondeu Josie.

— Gosto de sua honestidade. Sua mãe também a ensinou sobre isso?

— Sim. E a assumir responsabilidade por minhas ações. Eu não sei por que, mas ultimamente tenho pensado muito em mamãe. Você teria gostado dela. Tinha um sorriso adorável e usava um vestido cor-de-rosa que a deixava linda. Parecia uma estrela de cinema nele. Mamãe tinha um chapéu cor-de-rosa com uma aplicação de flor. Ela sempre o usava para ir à igreja, aos domingos. Sempre sabíamos onde ela estava, por causa do perfume de lírios que usava, mas não era enjoativo ou forte demais. Era um cheiro doce e leve, como mamãe. Desculpe-me. Não pretendia falar tanto.

— Tudo bem.

Mas não estava tudo bem. Ela sabia que algo do que dissera o atingira em cheio. Como ele mesmo comentara, não dava para desfazer as coisas.

— Estou morta de fome — ela deixou escapar.

— Então, sugiro que jantemos.

Seu toque enviou pequenos choques por seu braço, quando ele envolveu seu cotovelo com a mão para conduzi-la até o restaurante.

Quatro

— Não sei quanto a você, Josie, mas preciso gastar as calorias do jantar. Que tal darmos uma caminhada pela Bourbon Street? O difícil será encontrar um lugar para estacionar. Vamos?

— Eu adoraria. Acho que seu jantar foi exatamente o que você esperava. A truta estava tão boa quanto no tempo em que Prudhomme era o chef?

— Não tanto, mas ainda assim estava ótima. Às vezes, recordações são como esperar por algo: melhor curtir a expectativa e as recordações, sem ilusões.

Havia tanta tristeza na voz de Paul que o coração de Josie saltou.

— Estou dentro. Para a Bourbon Street — disse, em tom leve.

— Ótimo. Pararemos para uma saideira. Você esteve no Preservation Hall ultimamente?

— Faz anos que não vou lá. Minha mãe não gostava da Bourbon Street e do que chamava de "atmosfera pecaminosa", mas eu adoro blues e jazz. Kitty e eu sempre escapávamos e íamos até lá, quando vínhamos para casa nas férias da faculdade. Sabe qual é a atração hoje?

— Percy Humphrey, Harold Dejan e a Olympia Brass Band. Vi no jornal, esta semana. Também faz algum tempo que não vou lá.

— Será que eles ainda têm aquelas cadeiras de madeira dura e aqueles tapetes mofados? — Josie perguntou, enquanto estendia a mão para sentir as primeiras gotas de chuva da noite.

— Está tão decadente quanto sempre foi, mas é um lugar histórico. Penso naquele lugar como um ambiente rústico. Quer fazer alguma outra coisa, já que está começando a chover?

— Não, mas tenho de avisá-lo: meus cabelos parecerão um arbusto daqui a pouco. Quando chove, eu preciso de chapéu.

— Podemos dar um jeito nisso. Compraremos um chapéu para você!

— É a melhor oferta que tive o dia inteiro — comentou Josie. — Se tivermos tempo, eu gostaria de parar em outro lugar que minha irmã adora, o Port Orleans, na Bourbon Street, 228. Kitty e Harry são amigos do pessoal da banda. Ela os considera os melhores, e não é de se impressionar com pouca coisa, nem o Harry. A banda se chama Butterfunck. Johnny Pappas na guitarra e vocais, Réné Richard no baixo e Trey Crain na percussão. Ela disse que daria qualquer coisa para ter a aparência da namorada de Johnny, Jeanne Boudreaux. Precisamos vê-la também! Ela fala o tempo todo nessa banda, e eu gostaria de conhecer. Podemos?

— Será um prazer levá-la, ainda mais usando seu chapéu novo.

— Obrigada, o senhor é muito gentil — disse Josie, rindo. — Olhe lá, uma vaga! Corra antes que alguém chegue na frente!

— Você é bem agressiva, não? — Paul perguntou, enquanto manobrava com agilidade o grande Mercedes no pequeno espaço.

— Acho que não precisamos nos preocupar com ladrões. Qualquer um desistiria ao ver o interior do seu carro — Josie disse, rindo novamente.

— A chuva está mais forte. Você consegue andar com esses saltos?

— Não, essas sandálias servem para pequenos trajetos ou para ficar sentada. Eu as levarei na mão e ficarei de pés descalços. Você sabe que qualquer coisa é aceita em Nova Orleans e na Bourbon Street.

— Então vamos lá! — Paul pegou sua mão e saíram correndo. Ele parou por um minuto para puxá-la para junto de si. — Essa é a rua mais fantástica do mundo. Olhe só! Veja as pessoas. É possível cheirar literalmente a rua, e esse odor *nunca* sai da sua mente. Podemos estar a dez mil quilômetros de distância, mas, ao fecharmos os olhos, ainda podemos ver, sentir o cheiro e ouvir tudo o que acontece aqui. É isso o que recordo quando penso em Nova Orleans. Sempre adorei o Quarteirão Francês, o Garden District, o Mercado Francês e a Bourbon Street. Você já assistiu a algum Mardi Gras?

— Infelizmente não.

— Aqui vamos nós — disse Paul, puxando-a para a primeira loja, semelhante a uma dúzia de outras nas redondezas. Segundos depois, ela usava um boné de beisebol que dizia BOURBON STREET. Ela riu, quando Paul enfiou um em sua própria cabeça. A aparência do homem era adorável em seu terno feito sob medida e o boné de beisebol, com o rabo-de-cavalo projetando-se na parte de trás. Ela pegou a máscara enfeitada com plumas e o colar de contas que ele lhe estendeu... adereços de Mardi Gras.

— Seu pescoço ficará verde e vermelho, mas, ora, estamos na Bourbon Street e nenhuma visita é válida se não comprarmos uma máscara e um colar. Ok, vamos lá. Corra!

Estavam ensopados ao chegarem ao Preservation Hall. Paul estendeu o dinheiro para os ingressos e ouviu:

— Só temos lugares de pé, senhor.

Ele olhou interrogativamente para Josie, que sacudiu os ombros e assentiu.

Josie apontou para um cartaz sobre a cabeça dos músicos e sussurrou:

— Temos de pagar um adicional para tocarem *When the Saints Go Marching In*, mas não diz quanto.

Paul enfiou a mão no bolso enquanto caminhava até a bilheteria. Ela ouviu-o falando baixinho e, depois, escutou-o dizer:

— Agora, quando essa música terminar.

O dinheiro faz maravilhas, pensou Josie, e quase engoliu a língua quando Percy Humphrey levantou-se e disse:

— E agora, para aquela mocinha com boné de beisebol e cabelos encaracolados, tocaremos *When the Saints Go Marching In*.

Josie sentiu o rosto ardendo.

— Não posso acreditar que você tenha feito isso!

O velho prédio literalmente chacoalhou com o bater de pés, vozes, assovios e palmas da pequena multidão enquanto a música era tocada. A voz de Josie era a mais alta.

Enquanto corriam sob a chuva, ela disse:

— Foi maravilhoso. Obrigada. Mal posso esperar para contar a Kitty. Obrigada por me trazer até aqui.

— O prazer foi meu, mas parece que seu vestido está arruinado. Acho que tenho uma tendência para acabar com as suas coisas.

— Ah, o vestido é velho! — disse Josie, apontando para a roupa que lhe havia custado uma pequena fortuna. — Nem se preocupe. Mas por que estamos correndo, se já estamos encharcados?

— Tem razão. — Paul desacelerou seus passos para acompanhar o ritmo mais lento de Josie, pegando sua mão enquanto saltavam sobre poças.

Josie sentiu-se absolutamente tonta com seu toque.

A música vinha alta das portas abertas enquanto andavam pela rua, pessoas com guarda-chuvas esbarravam-se e as bebidas que levavam derramavam-se nas poças aos seus pés. Ouviam-se risos por onde quer que se andasse.

— Em poucas semanas, cem mil pessoas estarão nesta rua para o Mardi Gras — disse Josie, contente. — Com a exceção da Times Square na noite de réveillon, não consigo pensar em outro lugar com uma multidão tão grande. Acho que você tinha razão sobre este colar de contas, meu vestido está virando um arco-íris.

Paul jogou a cabeça para trás e riu. Naquele momento, em um piscar de olhos, Josie Dupré apaixonou-se por Paul Brouillette.

— Um colar de seis voltas por noventa e nove centavos! O que se poderia esperar? — Ele riu novamente.

Josie piscou. Será que dava para perceber que estava se apaixonando? E o que ele sentia, se é que sentia algo? Ele olhou-a e sorriu. Josie retribuiu. Ele apertou sua mão. Ela correspondeu.

— Acho que esse é o lugar — disse Paul, enquanto a empurrava levemente, fazendo-a entrar em um bar, mas sua cabeça imobilizou-se, prestando atenção, quando a pequena banda começou a tocar um novo conjunto de canções.

— É muito alto. Talvez eu esteja muito velho para isso — falou, ajudando-a a sentar-se em um banco alto. — O que quer beber?

— Pode ser cerveja. Ainda estou saciada pelo jantar. Kitty diz que precisamos pedir que toquem *Mustang Sally*.

Paul retorceu-se, tirando sua jaqueta e colocando-a sobre os ombros de Josie, que tremia.

— Duas cervejas — ele disse à garçonete prestativa. — Não consigo ouvir nem minha voz! — exclamou.

— Mas você não precisa ouvir sua voz, porque viemos aqui para ouvi-los. E devem ser bons, porque o lugar está lotado. Gosto deles — disse Josie, batendo com o cinzeiro na mesa no ritmo da música. Paul enfiou a mão no bolso e foi até a banda, pedindo para tocarem *Mustang Sally*. Ela observou, enquanto o dinheiro trocava de mãos.

Ficaram ali até o intervalo da banda. No momento em que Josie bocejou, Paul ajudou-a a levantar-se do banquinho e a conduziu até a saída.

— Voltaremos para o Mardi Gras, se eu estiver na cidade.

Josie pisou em uma poça d'água e soltou um gritinho.

— Tudo bem — disse ele, pegando-a e a pendurando em seu ombro. — Hora de ir para casa. Foi uma noite muito interessante.

— Sempre é interessante quando nos apaixonamos — sussurrou Josie, sacolejando atravessada nos ombros dele.

Paul sorriu amplamente, enquanto a chuva batia em seu corpo e na moça leve em seu ombro.

— Vou correr agora, então segure-se.

Meu bumbum está bem na cara dele, Josie deu-se conta, levantando subitamente a cabeça. O boné aterrissou em uma poça. E se ele tivesse ouvido o que ela acabara de murmurar?

— Ei, mais devagar! Pare! Meu boné caiu, eu o quero de volta! Ponha-me no chão.

Sentindo-a agitada em seu ombro, ele virou, procurando sob a luz espalhafatosa de néon a maior poça que pudesse encontrar. Ele virou novamente e a baixou, deixando-a cair de traseiro em uma poça que chegava aos tornozelos.

Josie encolheu-se com o baque ao ser largada, mas foi rápida o suficiente para estender a mão direita e agarrar o tornozelo dele. Ele desabou de quatro, enquanto a chuva os golpeava. Josie afastou-se engatinhando, com a risada cascateando por sua garganta enquanto sua mão pescava o boné de beisebol encharcado. Ela o enfiou na cabeça assim mesmo.

As pessoas que corriam para seus carros riram também ao passarem por eles. Ninguém parou. Afinal, estavam na Big Easy, onde o lema era a diversão.

— Minha mãe jamais aprovaria isso. E a sua? — Josie conseguiu perguntar, enquanto a risada fazia seus ombros sacudirem. — Você parece um tolo, sentado aí nessa poça. Seu terno não presta mais. Meu vestido está um horror. Assim como o seu carro. Detonamos tudo. Não é engraçado?

O momento passou tão rápido quanto surgira. Paul se levantou, estendendo a mão para ajudá-la a levantar-se.

— Acho que pareço mesmo um idiota e minha mãe não daria a mínima. Já é tarde. Preciso levá-la para casa.

— Espere aí. O que houve? O que eu disse para aborrecê-lo? Que você parecia um tolo? Parecia tanto quanto eu! Ei, estamos na Bourbon Street. Foi um momento bobo e nos divertimos. Agora você está parecendo e agindo como... um executivo arrogante. Acho que é mesmo hora de ir para casa — ela disse, com a voz sem denotar um pingo de diversão agora.

Depois, ao estacionarem na frente do bufê, Paul voltou-se e lhe disse:

— Por algum motivo, você mexe comigo. Eu não entendo. Desculpe se no fim acabei estragando a sua diversão.

— Você também mexe comigo. Será que fiz ou disse algo errado?

— Não. Foi só o cansaço de um dia longo. Ainda quer que eu venha para o café-da-manhã?

— Adoraria.

— Então está combinado. — Ele fez um gesto para abrir a porta, mas foi impedido.

— Não precisa sair. Eu entrarei pelos fundos. Quero tirar essas roupas molhadas na lavanderia. Nem acredito que ainda esteja chovendo. Obrigada pelo colar e por tudo o mais. Realmente adorei nossa noite. Vejo-o de manhã.

— Boa-noite, Josie.

Ela chegara a pensar que ganharia um beijo de despedida. Em vez disso, ele acenou brevemente antes de dar ré e sair dali. Que droga, talvez não estivesse apaixonada, afinal. Então, o que era aquela sensação de fraqueza geral que a percorrera, enquanto caminhavam sob a chuva?

Josie chapinhou pela chuva no escuro. Deveria ter deixado a luz acesa ao sair de casa. Não importava — ela conhecia de cor o jardim. Parou, imobilizada, ao escutar um som que vinha do portão dos fundos — um som que literalmente congelou seu coração. Aguardou, consciente de que a pequena bolsa pendurada em seu ombro não serviria como arma contra um intruso. Havia uma vassoura na varanda de trás. Se pudesse chegar ao portão dos fundos, já seria algo. Caso contrário, chegara a sua vez de ser atacada por bandidos. Quem quer que fosse tinha respiração pesada. Calafrios percorreram sua coluna.

— Eu tenho uma arma! — gritou. — Vou atirar se o vir... Ai, meu Deus! — gritou de novo, quando uma criatura monstruosa de quatro patas colidiu contra seu corpo, derrubando-a no chão.

— Zip! Como você chegou aqui? — gemeu. — Pare de me lamber. Já tomei banho de chuva, não preciso de outro. Você ficou aqui a noite *inteira*? É incrível! Como fugiu? Seu dono ficará louco de preocupação, como eu ficaria se Rosie sumisse.

O bóxer subiu correndo as escadas e parou ofegante junto à porta dos fundos, com a impaciência mostrando-se ao saltar e dançar pelo alpendre enquanto Josie pegava sua chave. Ela observou por um instante, enquanto os dois cães brincavam no chão da cozinha. Era um prazer observar a alegria que sentiam um com o outro.

— Isso deve ser amor de verdade — murmurou. — Ei, Rosie, sou eu. Você me conhece. Sou sua dona. Sou aquela que a alimenta, leva para passear e cuida para que você não tenha pulgas.

A cachorrinha inclinou a cabeça para o lado e latiu duas vezes, com a cauda girando loucamente.

— Está bem, se esse é o único cumprimento que recebo, que seja. Vá em frente. Continue fazendo o que fazia antes de eu chegar. Deixei esse cara aqui entrar, está vendo?

Ela se despira e usava apenas sua roupa íntima de renda quando o telefone da cozinha tocou. Ela inclinou-se sobre o balcão e pegou o telefone.

— Ele está aqui. Estava esperando no alpendre dos fundos, mas agora está embaixo da minha mesa da cozinha. Você já tinha ido embora quando eu o encontrei.

— Como você sabia que era eu ao telefone? — Paul perguntou, com um sorriso na voz.

— Não conheço outra pessoa que me ligaria à uma da madrugada. Digamos que tenha sido um palpite feliz. Mas não se preocupe, ele pode ficar aqui. De manhã você o pega.

— Ele sabe como abrir portas de correr. Eu não sabia disso até hoje de manhã. Nunca havia feito algo assim antes. É incrível ele ter encontrado o caminho até a sua casa e estar tranqüilo e seguro. Acho que terei de prendê-lo sempre que sair. Detestaria fazer isso. Eu não gosto de prender animais.

— Eu também não. Mas está tudo bem. Vejo você de manhã.

— Você é muito legal, Josie. Obrigado.

Muito legal. Nada de beijo de boa-noite. Parece mesmo um executivo arrogante.

— De nada.

— Pode ter certeza de que as rosquinhas estarão crocantes desta vez. Vejo você de manhã. Obrigado novamente por cuidar do Zip.

O relógio na mesinha-de-cabeceira a despertou. Josie mal abriu os olhos, gemendo. Ninguém deveria ter de levantar às cinco e meia da manhã. Absolutamente ninguém. Jogou as pernas para fora da cama e gemeu de novo. O bóxer levantou-se e se espreguiçou. Rosie fez o mesmo.

— Hora de dar uma saidinha, não é? Muito bem, vamos, mas que seja rápido. Temos companhia para o café-da-manhã. — Ela inclinou-se para o bóxer. — Seu dono virá pegá-lo.

O cão olhou-a por um longo minuto, antes de deitar-se com a barriga no chão e se arrastar para baixo da cama.

Rosie manifestou sua desaprovação espiando sob a cama; Josie agachou-se, espiando também.

— Olhe, Zip, talvez eu esteja enganada e seu dono *não* venha pegá-lo. Talvez eu só desejasse isso. Vou pegar sua namorada e levá-la até a rua. Se você fizer pipi embaixo da minha cama, nunca mais poderá entrar no meu quarto. Sei que entende tudo o que estou dizendo, então saia daí.

O enorme cão enfiou a cabeça entre as patas e olhou-a. Era óbvio que não tinha a menor intenção de sair dali.

Josie girou para pegar Rosie antes que ela se enfiasse sob a cama, ao lado de Zip. Ao voltarem, menos de dez minutos depois, o cão ainda estava sob a cama.

— Se você pretende ficar aí por muito tempo, acho que teremos problemas — disse Josie, indo para o banheiro.

Eram seis e quarenta e cinco quando saiu do banheiro, usando uma saia rodada cor-de-lavanda com a blusa combinando.

— Vamos descer. Vou tomar um café puro e lhe dar algo para comer. Isso é uma ordem, Rosie.

Não se sentiu surpresa quando nenhum dos cães a seguiu até a cozinha. Rosie sempre ia na frente, saltando sobre uma das cadeiras para aguardar em expectativa um pouco de ração ou comida de verdade. A vontade súbita de chorar era tão forte que ela mordeu o lábio inferior. Mas que droga, sua vida tão organizada estava virando de cabeça para baixo.

— Gostaria que você estivesse aqui, mamãe. Algo está acontecendo comigo, mas não sei como devo lidar com isso. Se você estivesse aqui, saberia exatamente o que me dizer. Sabe, mãe, é esquisito que Rosie sempre escolha a cadeira na qual você se sentava, quando tomávamos café. Você sempre dizia que nosso café, de manhã cedinho, era o melhor. Eu misturo farinha de chicória, como você sempre fazia. Rosie é como uma pessoa, juro! Ah, que droga, só sinto vontade de chorar.

— Então chore, ora! — Kitty exclamou, da porta. — Está falando com mamãe de novo? Eu também fiz isso ontem à noite. Sabe, para me desculpar por correr nua por aí na chuva, chupando uma manga. Para o caso de ela, ãh... poder *ver* o que estou fazendo. Por que você só quer chorar?

— Porque Rosie não precisa mais de mim. Só quer saber de Zip. Estão debaixo da minha cama e Zip não quer sair, porque falei que Paul está vindo pegá-lo. Quando cheguei ontem à noite, ele estava esperando no alpendre dos fundos. Paul disse que seu cachorro sabe abrir portas de correr. Ele veio aqui. Deve ter esperado durante horas. Senti pena, então o deixei ficar. Paul trará rosquinhas e acabei de fazer café. Mas me conte, como foi?

— Você quer dizer sobre a parte de ficar *nua* na chuva, sobre a manga ou os detalhes sobre Harry correndo atrás de mim? Mangas são bastante suculentas, especialmente quando estão bem maduras. Harry adorou lamber o suco do meu corpo. Em uma palavra, *espetacular*! E com um "E" maiúsculo!

— Agora entendo por que você estava falando com a mamãe. — Josie riu. — Ponha a mesa.

— Pode ser prato de papelão?

— Claro. Estou ocupada demais hoje para ficar limpando coisas. Aquelas senhoras vêm para nos ajudar. Esse almoço que está reserva-

FERN MICHAELS

do e o jantar serão um bom teste para elas. Espero, pelo nosso bem, que dê tudo certo.

— Eu também. Se der, talvez possamos fazer aquela viagem à estação de esqui em dezembro. Tudo o que fazemos é trabalhar, Josie. Não percebi o quanto estou cansada até ontem à noite, quando relaxei de verdade. Eu não queria ter de me vestir e voltar hoje de manhã. Serei uma ótima esposa para Harry.

— A melhor — disse Josie, sentindo a voz falhar. Todos a deixavam. Primeiro sua mãe e o pai, depois Rosie e agora Kitty. Ela ficaria sozinha, com uma cadela apaixonada e triste.

— Mal posso esperar para me casar e ter filhos. Muitos e muitos filhos. Imagino quais são as chances de ter gêmeos. Seria maravilhoso! Ontem à noite, Harry me disse que talvez seja transferido para Atlanta. Eu gostaria de não lhe contar, mas você precisa saber.

— Para outro estado! Quando?

— Daqui a seis semanas, mas não irei com ele. Terminarei o ano aqui e me mudarei quando nos casarmos. Harry disse que virá todos os fins de semana. Não sei como faremos, já que os fins de semana são nossos dias de maior movimento.

— Você o ama muito, não é?

— De corpo e alma.

— Então não se preocupe. Tudo dará certo. Sei que está preocupada comigo, e isso não é bom. Ficarei bem. O pior que pode acontecer é termos de vender o negócio e eu voltar para Baton Rouge. Acredite em mim quando eu lhe digo que isso não será um problema. Adoro Baton Rouge.

— Está chegando um carro.

— Isso significa que nossas rosquinhas estão chegando.

— Quer que eu saia?

— Absolutamente não. Sente-se. Eu o atenderei. E não fique fazendo perguntas! — disse, provocando a irmã, já de saída.

— Ok! — respondeu Kitty, no mesmo tom.

— Lindo dia, não? — Paul perguntou, enquanto lhe entregava uma caixa de papelão de confeitaria e a seguia até o cantinho da cozinha onde o café seria servido. — Onde está Zip? — perguntou, olhando em volta.

Ele estava muito bem e cheirava melhor ainda. Ela pensou no terno que ele usara na noite anterior e imaginou se não estaria arruinado, com toda a chuva que pegara. Encolheu os ombros, ao responder:

— Debaixo da minha cama, com Rosie, e não quer sair. Cometi o erro de dizer a ele que você viria pegá-lo. Sinto muito, mas simplesmente não pude tirá-lo de lá.

— Você precisa demonstrar autoridade. Tem que usar um certo tom de voz. E fazer parecer que somos superiores, seu chefe, por assim dizer. Algo especial ou comida feita para humanos geralmente funciona. E se nada disso funcionar, então é preciso enganá-los. Você tem presunto ou queijo?

Josie abriu o refrigerador e cortou um naco de queijo.

— Isso não vai dar certo. Acho que terá de desmontar a cama.

— É uma medida extrema, não? Ah, eu ia me esquecendo de lhe contar. Preciso ir a Nova York hoje. Deixarei Zip em um canil. Ele já esteve lá e gosta daquele lugar. Será que posso fornecer seu nome, para alguma emergência? Só para o caso de ele ficar doente, o que espero que não aconteça, já que é saudável como um cavalo e tomou todas as vacinas. Um amigo meu cuidava dele quando eu precisava viajar, mas agora está na Europa.

Não. Eu não sou babá de cachorro. Estarei ocupada. Já estou entendendo qual é a sua, Sr. Brouillette. Um cão é uma responsabilidade e, se você não está disposto a assumi-la, então não merece ter aquele cão. Não vou concordar com isso. Encontre outra otária.

— Estarei fora apenas uma semana. Dez dias, no máximo.

— Você pretende abandonar seu cachorro por *dez* dias inteiros!

— Não tenho escolha. Será que posso dar seu telefone?

— Sim.

Ah, sua tonta!, sua mente gritou. Josie ergueu o olhar e viu a irmã tapando a boca com a mão, para disfarçar a risada.

— Muito bem, garoto, é hora de sair daí. Não me faça entrar aí para pegá-lo — disse Paul, enquanto agachava-se para espiar sob a cama.

A cabecinha de Rosie projetou-se para fora. Ela rosnou e atacou a mão de Paul, que a retirou tão rápido que Josie caiu na gargalhada.

— Acho que ela está tentando lhe dizer para não se meter com o homem dela.

— Vamos, Zip. Vou contar até três. Um! Dois! Três!

— Nada... — Josie riu novamente.

— Estou vendo. Certo, tiraremos o colchão e o box spring. Como é que ele entrou aí, por falar nisso?

— Rastejou de barriga.

— Eu pego nesta ponta. Você e sua irmã pegam a outra. Assim, só precisaremos erguer um pouco o box spring.

Cinco minutos depois, exatamente quando todos se moviam em sincronia para levantar o suporte do colchão, Zip e Rosie saltaram sobre a armação e correram para o corredor e pelas escadas abaixo.

— Mas que droga! Tenho que pegar o avião! Será que podem sair para a rua?

— Acho que não — disse Josie, arrumando a cama novamente com o auxílio de Kitty. Com um empurrão, o colchão acomodou-se perfeitamente sobre o suporte. As duas espanaram as mãos com vigor.

— Olhe, é apenas algo que me ocorreu agora, mas você acabará tomando conta daquele cachorro — disse Kitty. — Parece que há uma guerra lá embaixo. Talvez devêssemos dar uma olhada.

— Talvez sim — disse Josie, percebendo os lençóis amarrotados e soltos. — Nem cheguei a tomar meu café ainda.

— Você está apaixonada por ele, não é? — Kitty perguntou, segurando o braço da irmã e a puxando, para encará-la. — Tudo bem, Josie. Lembra que mamãe bateu o olho no papai e três semanas depois estavam casados? As coisas são assim, às vezes. Aproveite!

— Não sei quanto à parte do amor, mas sinto mesmo uma atração enorme. Ele é muito diferente dos homens que conheci. Nem tentou me beijar ontem à noite. Há algo estranho nele. Em um minuto está todo animado, mas logo depois se fecha totalmente. Estou começando a pensar que talvez eu tenha dito algo errado, que emito más vibrações. Esse tipo de coisa.

Kitty abraçou-a.

— O que tiver de ser será. Aproveite o que há entre vocês agora. Abra-se, Josie.

Josie assentiu.

— Vamos descer e ver se ele fez algum progresso.

— Quer apostar, Josie?

— Nem pensar. Ei, vamos deslizar pelo corrimão.

Kitty levantou sua saia longa e como um gatinho deliciado escorregou pelo corrimão polido de teca.

— Cem quilômetros por hora. Não era isso o que papai dizia? Uau, quando foi a última vez que fizemos isso?

— Um dia depois... depois do funeral. Na época foi algo estúpido, e continua sendo. Achávamos que isso nos faria sentir melhor, mas estávamos enganadas.

— Ah, como pude me esquecer disso?

— Assim como eu esqueci, até este momento. Nós bloqueamos a recordação.

Josie foi até a cozinha, que estava ensolarada. Seu olhar passou pela expressão desamparada de Paul e parou nos cães raivosos sob a mesa. Era uma batalha perdida para ele, e ela nem pretendia tentar vencê-la.

— Tudo bem, Rosie, seu amigo pode ficar — disse, com um suspiro.

O alívio no rosto de Paul trouxe um sorriso aos lábios de Josie. Muito tempo atrás, sua mãe tinha dito que não havia nada no mundo que não se sentisse capaz de fazer para colocar um sorriso no rosto do seu pai. Talvez, afinal de contas, fosse parecida com sua mãe.

— Se você sair agora, ele saberá que pode ficar. Diga-lhe.

Paul agachou-se.

— Muito bem, garotão, você pode ficar com Rosie. Falaremos sobre isso quando eu voltar.

Zip arrastou-se de barriga, saindo de baixo da mesa para lamber o rosto do seu dono. Rosie saltitou em uma dança frenética em volta da cozinha, antes de Josie abrir a porta dos fundos. Os dois cães saíram em disparada.

FERN MICHAELS

— Nem sei como lhe agradecer, Josie. Desculpe-me por ontem à noite. Eu não sabia que Zip poderia sair. Vou ter de pensar muito nesse problema. Também lamento pelo café-da-manhã. Foi um prazer vê-la novamente, Kitty. Quando eu voltar, quero levá-las ao Brennan's para tomar café-da-manhã. Aqui está a chave da minha casa, para o caso de precisarem pegar alguma coisa do Zip. Aqui está um número onde poderão me encontrar, se precisarem. Eu ligarei para saber dele, se vocês concordarem.

— Não há problema — disse Josie, distante. — Não precisa ligar. Ficaremos bem. Seu cachorro vai ter os melhores dias de sua vida — disse, apontando para o quintal dos fundos, onde os cães corriam em círculos. — É melhor apressar-se ou perderá seu vôo — completou, com voz gélida.

— A cama...

— Nós já arrumamos — interrompeu Kitty. — Mulheres podem fazer qualquer coisa que os homens fazem.

As sobrancelhas de Paul levantaram-se. Parecia prestes a dizer algo, mas mudou de idéia.

— Não precisa se preocupar, Sr. Brouillette — disse Josie.

— Agora você está zangada comigo. Não pretende descontar no meu cachorro, não é?

Josie abriu a porta e convidou-o a sair com um gesto.

— Seu cachorro ficará bem.

— Isso foi meio grosseiro, não acha? — Kitty perguntou, em voz baixa.

— Acho que sim — disse Josie, olhando os cães no quintal. Estavam tão alegres que quase conseguia suportar a ingratidão de Rosie. Amar não era fazer o outro feliz? Isso era o que sua mãe lhes dissera, quando ela e Kitty tinham dezessete anos.

Ah, pare com isso, Josie. É só mais um cara. Mais um peixe no oceano. Um cara com rabo-de-cavalo. Um cara com olhos escuros e risonhos, e um sorriso envolvente, que, por acaso, tem um cachorro malandro que, também por acaso, está apaixonado pela sua cadela.

Kitty observou enquanto a irmã jogava a caixa da confeitaria no compactador de lixo. Que droga, sua boca ansiava por uma daquelas rosquinhas quentinhas e açucaradas.

— Quer um café, Kitty?

— Não tenho tempo. Tenho muito a fazer na cozinha. A que horas precisamos entregar o almoço nos Andrepont?

— Ao meio-dia em ponto. A Sra. Andrepont tem uma cozinha maravilhosa, com muito espaço. Seremos pontuais. Hoje à noite é que será difícil. Vou sair para pegar as velhinhas assim que terminar meu café. Volto em menos de uma hora.

— Olhe, Josie, esse cara parece legal. Dê-lhe um desconto. Não deixe que essa história dos cachorros a desanime. Eu não quero irritá-la, mas pense bem. Ele chegou a lhe entregar a chave da casa, quando nem precisaria fazer isso! Você me mataria se algum dia eu desse a Harry a chave da nossa casa. Pense *nisso*.

Josie deu as costas para que sua irmã não visse as lágrimas que logo cairiam. Por que chorava, afinal? Nunca havia chorado por um homem. As lágrimas deviam ser por causa de Rosie. Deus, como amava aquela cachorrinha.

— Traidora — sussurrou.

Cinco

*P*aul Brouillette recostou-se em sua cadeira feita sob medida para ter uma visão melhor da pilha de relatórios financeiros à sua frente. Uma ruga profunda apareceu em sua testa. Desejaria fazer desaparecerem aqueles relatórios. Estava desde as seis da manhã no escritório tentando fazer exatamente isso. Agora eram oito horas e sua secretária fazia café. Sentia o aroma, mas sabia que não seria nem de perto tão bom quanto o café de Nova Orleans, que adorava.

Ele inclinou-se e pegou uma pasta com a guia vermelha, que continha informações sobre a empresa que sua mãe administrava. A situação era tão negra que nada poderia salvá-la. Ele subsidiara a empresa durante anos e era como jogar dinheiro em um buraco sem fundo. O jantar da noite anterior com os contadores lhe dera uma dor de cabeça gigantesca, que ainda o atordoava. As palavras finais do departamento financeiro ainda giravam em sua mente:

— Feche a empresa *imediatamente*!

Como poderia fazer isso com sua mãe, quando aquela empresa era tudo que lhe restava? E quanto a todos os primos, parentes e suas famílias que trabalhavam para a companhia? Um pacote de benefícios lhes daria segurança financeira por meses, não anos. O que aconteceria a todos eles quando esse dinheiro acabasse? Ele deveria tê-la feito escutá-lo. Em vez disso, irritara-se quando a mãe recusara-se a aceitar novos métodos, novas formas de publicidade e novas embalagens para o produto. Por que não conseguia pôr de lado antigas mágoas? Negócios eram negócios. Família era família. Os dois não podiam funcionar em harmonia, por alguma razão.

A dor de cabeça continuava martelando a base do seu pescoço. Precisava dar um jeito nisso. Uma longa caminhada no Central Park talvez fosse a resposta. Antes que pudesse mudar de idéia, rumou para o lavabo, onde trocou-se, vestindo roupas esportivas. O telefone tocou quando estava prestes a deixar o escritório. Ele pegou o aparelho já de saída e respondeu em voz alta:

— Jack! Quando você chegou? Jantar? Desculpe, hoje não posso. Está a caminho de casa? Ouça, preciso de um favor seu. Tive de deixar Zip com uma... uma amiga. Ela não parecia muito feliz por ter de cuidar dele. Eu praticamente a forcei a isso. Se você puder pegá-lo e levá-lo para a minha casa, agradeço. Ligarei para ela depois e lhe direi que você irá pegá-lo. Zip o conhece e gosta de você. Seria um favor e tanto, amigão. Fará isso? Ótimo! Eu lhe devo uma, Jack.

Escutou a voz alta do amigo por um momento. Por que todo mundo parecia tão feliz, exceto ele mesmo?

— Ah, Jack, não me venha com essa. Como espera que eu dê as costas para esses negócios da família? Não posso! E daí se passei dez anos indo à faculdade à noite para me tornar um arquiteto *depois* que me formei em administração? Não posso trabalhar com arquitetura. Nós dois sabemos disso. Eu sei que você não desiste de me oferecer parceria todas as semanas, e todas as semanas preciso lhe dizer o mesmo: as obrigações com a família me impedem de aceitar sua gentil e generosa oferta. Então me diga: o que anda construindo atualmente? Ah, não, é melhor nem me dizer. Não quero que minha dor de cabeça piore. Como é *quem*? Ah. Ela é robusta. Sabe, do tipo de cintura grossa, pés grandes, cabelos espetados como um arbusto. Óculos de fundo de garrafa. Preciso admitir algo em favor dela, adora cães. Ela tem uma irmã gêmea, se é que lhe interessa. Pena para você, cara. Ah, quanto tempo pretende ficar em Nova Orleans? Tanto tempo assim? Entendo. Trate bem o meu cachorro. Olhe, mudei de idéia: eu mesmo ligarei para a minha amiga e lhe pedirei para deixar Zip em minha casa. Deixei minha chave com ela. A que horas você chega? Vou planejar para que ele não fique sozinho muito tempo. Zip anda esquisito. Sim, sim, farei isso. Não há sentido em estressar meu cachorro e minha amiga. Ligue-me se achar que o vôo vai atrasar. Lembre-se, Zip sabe abrir portas de correr, então fique de olho. Não, não estou tentando lhe arranjar problemas. O que o levou a pensar assim? Acho que você está na entressafra com namoradas, porque parece paranóico. Está bem, nos vemos em cinco dias.

Acabara de se livrar de sua última preocupação. Mais ou menos. É, um pouco. Talvez. Paul deu um tapa em sua própria perna, satisfeito. Não confiava em Jack Emery nem um pouco e sabia até onde podia ir com ele. No que se referia a mulheres, Jack era como um garanhão no meio de um bando de fêmeas. Se chegasse a colocar os olhos em Josie Dupré, tentaria colocar também suas mãos na mulher toda. Passou depressa por sua secretária, que tentava lhe falar.

— Não tenho hora para voltar!

— Mas e quanto... A que horas...

— Dê um jeito nas coisas ou chame André. Não estou levando o pager, então nem tente me chamar. Talvez eu não volte nunca mais!

Paul deu um murro na porta do elevador.

— A gente precisa sonhar. Acho que eu daria um bom esquiador. Ou um rato de praia. Por outro lado, acho que eu seria um mega-hiperfantástico arquiteto — resmungou, enquanto entrava no elevador e pressionava o botão para o térreo.

Paul acomodou-se confortavelmente no táxi que o levaria até o parque, onde poderia correr seus quinze quilômetros. Fechou os olhos. Não havia pedido esse emprego. Nunca havia desejado gerir os negócios da família. Tudo o que desejava era ser um arquiteto. Detestava tradição e responsabilidade. Desejava, como desejara a cada dia da sua vida, ter tido um irmão mais velho ou até mesmo um irmão caçula. A verdade é que aceitaria *qualquer um* que quisesse assumir seu emprego. Sua mãe tinha uma idéia fixa. *Como filho único, você assumirá o papel do seu pai nos negócios.* Ele abdicara dos melhores anos de sua vida por sua família e pelos negócios. Quando seria a sua vez? Quando poderia fazer o que desejava? Nunca, pelo que parecia.

Precisava admitir que tinha uma boa vida. Podia tirar alguns dias de folga, às vezes até semanas, mas sempre precisava voltar para os temperos cajun e para a farinha de milho. Tinha de se preocupar com os restaurantes. Não conseguia recordar quando fora a última vez em que tivera um dia tranqüilo e feliz. Talvez tivesse dez anos, algo em torno disso. Não. Na verdade, aos dez anos tudo começara a desmoronar.

— Dane-se — resmungou, lançando ao taxista uma nota de vinte dólares. Conferiu se a outra nota de vinte ainda estava no seu bolso. Depois de uma corrida de quinze quilômetros, não estaria no clima para andar até em casa.

Ele começou devagar, ganhando velocidade enquanto olhava em linha reta para a frente, com os pensamentos recusando-se a deixá-lo. O que havia de errado em André Hoffair gerir as Empresas Brouillette? O cara adorava a companhia, babava pelos temperos cajun e pela farinha de milho e, além disso, dava-se muito bem com os restaurantes. Conhecia cada aspecto dos negócios e era da família, ainda que fosse um primo distante. Sangue era sangue. O problema era a mãe de Paul. Ela nunca aprovaria André como substituto quando descobrisse que Paul pretendia fechar o negócio de farinha. E ainda assim André concordava com ele.

Quando já havia corrido cinco quilômetros, sua cabeça ainda latejava e seus pensamentos ainda eram tão confusos quanto no momento em que começara a correr. Se tivesse estado mais alerta, sem concentrar-se tanto em seus pensamentos sombrios e na trilha à sua frente, poderia ter visto os assaltantes vindo ao seu encontro pela esquerda e pela direita. Em um instante, estava correndo na trilha pontilhada pelo sol que se infiltrava entre as árvores. No momento seguinte, o mundo ensolarado à sua volta tornou-se preto, enquanto caía.

— Mas que merda, cara! Só vinte dólares! Pelo menos tem um Rolex. Pegue logo! Ande com isso! Vamos dar o fora, cara, ande logo!

Uma babá que levava o bebê para passear no carrinho encontrou Paul Brouillette quinze minutos depois. Ela discou para o número de emergência pelo celular que os pais do bebê a faziam levar a todos os lugares. Ela observou, com seus olhos lacrimejantes, quando o corpo inconsciente do corredor foi levantado e enfiado em uma ambulância pelo pessoal da emergência médica. Com a voz trêmula, respondeu às perguntas que os policiais lhe fizeram sob os berros do bebê aos seus cuidados.

Josie conferiu a hora em seu relógio de pulso. Era difícil não perceber a data. Paul partira cinco dias atrás e não ligara uma só vez. Cinco dias totalizavam cento e vinte horas. Ele dissera que ligaria. Homens eram tão irresponsáveis! Por que mentiam e diziam que iriam ligar, quando nem pensavam em fazer isso? Panacas. Ela acrescentou mentalmente o nome de Paul à sua lista de babacas que não ligavam depois de um encontro. *Kitty estava certa: ele queria apenas uma babá para o cachorro e eu caí direitinho em seu truque. Acho até que vou ficar com o cachorro dele.* Pelo menos, lucraria alguma coisa.

Deixando cair os ombros por puro desânimo, Josie voltou o olhar para os dois cães, deitados sob o carvalho próximo ao chalé. Pareciam cansados. A partir do momento em que os deixava sair pela manhã, eles corriam em volta um do outro até desabarem de cansaço sob a árvore. Sabia que estavam apenas se preparando para o segundo round do joguinho de correr e perseguir um ao outro. Pelo menos ficariam calmos durante no mínimo uma hora. Ela sorriu quando os dois latiram ao vê-la encaminhar-se para a cozinha experimental. Kitty estava na janela e lhe fazia sinal para aguardá-la do lado de fora, de modo que parou e esperou.

Com olhos espantados e ombros trêmulos, Kitty parecia à beira das lágrimas.

— Qual é o problema, Kitty?

— Tudo e nada ao mesmo tempo. Só descobri hoje que Yvette tem catarata e não enxerga praticamente nada. Até aí tudo bem, já que Charlet tem problema de audição e usa *dois* aparelhos auditivos. Ela serve de olhos para Yvette, que serve de ouvidos para Charlet. As duas se completam e não dão problemas, exceto pela bagunça que fazem. Réné ouve e enxerga, mas não consegue cozinhar nada. Só que tem um montão de receitas. Agora está lá, fazendo a limpeza. Faz duas horas que está xingando Yvette e Charlet. Acho que isso não vai dar certo, Josie. Tudo o que fazem é brigar. Fazem de conta que cada prato que preparam é para os astros das novelas a que assistem. Ficam sussurrando sobre Marie e sobre alguma crise familiar durante a manhã inteira, quando não estão discutindo. Tentei, sabe, ouvi-las, mas elas recomeçam assim que saio de perto. Todas são doces e adoráveis, mas isso não está dando certo. Nem sei como dizer-lhes isso.

— Acho que você não terá de dizer nada — sussurrou Josie, enquanto apontava para as três senhoras que saíam da cozinha usando seus chapéus e luvas brancas. Josie não conseguiu evitar um sorriso. Pareciam tão educadas, doces e encantadoras!

— Sentimos imensamente, Srta. Dupré, mas não poderemos continuar trabalhando aqui. Mary acabou de ligar para o celular. Precisa de nós. Pode nos desculpar, *chère*?

— Mas... qual é o problema? Será que minha irmã e eu podemos ajudar? Eu sentirei... sentirei **falta** da ajuda preciosa de vocês — Kitty conseguiu balbuciar.

— Lamentamos ter de deixá-las assim, mas a família vem em primeiro lugar. Deixamos nossas receitas no balcão. Podem usá-las. É o mínimo que podemos fazer. Deixamos tudo limpinho, querida.

— Obrigada pela ajuda, senhoras. Têm certeza sobre as receitas?

— Temos sim. Marie disse que era justo fazermos isso. Sempre fazemos o que ela diz. Pedimos um táxi, então não precisam se preocupar — disse a animada Réné, enquanto ajustava seu chapéu de aba mole.

— Acho que agora não tem mais jeito — disse Josie. — Ligue para a sua amiga, Kitty. Teremos de engolir o orgulho e pagar o que ela quiser. Não temos escolha. Diga-lhe que assinaremos um contrato de seis meses. Será o bastante. Isso nos dará fôlego até agosto, quando teremos de diminuir o ritmo, já que você irá embora no dia 1º do ano que vem. Se ela for metade da cozinheira que você é, talvez eu possa mantê-la e continuar com os negócios. Precisamos apenas dar um jeito nessa crise imediata, da melhor forma possível. Depois é outra história.

— Nenhuma notícia do grandalhão, hein?

— Achei mesmo que não ligaria — disse Josie. *Mentirosa, mentirosa, mentirosa.*

— Bem, uma hora dessas ele terá de falar com você. Afinal, o cachorro está aqui — disse Kitty, piscando-lhe um olho.

— Olhe, vamos mudar de assunto, porque não estou no clima para esse. Preciso ir buscar aqueles pratos que você pediu. Você quer alguma coisa da rua?

— Por favor, pegue minhas roupas na lavanderia. Ah, veja também se consegue comprar aquele CD que eu quero. Você esqueceu, na última vez que pedi. Parece que não tenho tempo para nada ultimamente. Anote aí, para não trazer errado. A cantora é Corinda Carford. O CD se chama *Mr. Sandman*. É uma cantora incrível. Tem uma música que é o máximo, *The Pantyhose Song.* Você vai adorar. Melhor ainda, compre dois, porque não vou lhe emprestar o meu. Escute, sei que não é muito correto, mas por que não dá uma passadinha na casa de Paul, ou, sei lá, entra para pegar alguns brinquedos de Zip. Você poderia... ãh... dar uma olhadinha por lá. Só olhar não faz mal. Não precisa tocar em nada. Você tem a chave e ele lhe disse que poderia entrar e pegar o que precisasse. Talvez o lugar lhe dê alguma idéia sobre o tipo de pessoa com quem está lidando. Eu faria isso!

— Faria? Bem, *eu* não faria. Isso equivaleria a invadir a casa de alguém. Não, não farei isso. Fique de olho nos cachorros, está bem?

— Claro. Acho que você deveria ir até lá. De vez em quando não lhe faria mal fazer algo que destoe de sua personalidade.

No momento em que o carro saía da casa, Kitty bateu palmas e disse aos cães:

— Ela vai entrar lá. Não somos gêmeas a troco de nada.

Zip lançou sua imensa cabeça para trás e soltou um uivo de arrepiar. Kitty tremeu e Rosie correu para esconder-se sob o cachorrão.

— Relaxem. Vocês dois não vão a lugar algum. Zip, acho que nós herdamos você. Tudo bem, Rosie. Ele vai ficar.

Com um sorriso, Kitty observou enquanto o bóxer pegava Rosie pelo cangote e a carregava novamente para o musgo fresco sob o antigo carvalho.

— É assim que Harry me ama — disse Kitty, alegre. — Assim mesmo, eu juro!

Depois de cumprir com a última das suas obrigações, Josie rumou para a lavanderia. Ainda tinha uma hora antes de precisar voltar para ajudar Kitty a carregar a comida na caminhonete para o jantar de um cliente. Poderia parar para um cafezinho, tomar um sorvete com cobertura dupla de pralina crocante ou, talvez, dar uma chegadinha na casa de Paul. Passar na frente não era o mesmo que entrar, como Kitty havia sugerido.

— O que você faria, mamãe? Kitty é tão... parecida com você. Às vezes eu gostaria de ser mais... impulsiva, como Kitty. Talvez eu tenha usado um desodorante ruim. Ele *disse* que ligaria. Eu estou com seu cachorro e isso significa que ele precisa voltar para pegá-lo. Será que preciso ser mais ousada? O que há de errado comigo, mamãe? Nesses últimos dias só sinto vontade de chorar. Uma cobertura dupla de pralina não vai me fazer sentir melhor. Você iria até lá, mamãe?

Josie fez a curva depois de baixar o vidro de sua janela. Tirou o pé do acelerador quando o poderoso aroma de lírios da casa próxima à de Paul entrou pela janela. Ela piscou e então tremeu, enquanto olhava à sua volta. O canteiro de flores no gramado do vizinho de Paul era formado totalmente por lírios-do-vale aninhados entre barbas-de-serpente. Seus olhos encheram-se de lágrimas.

— Tomarei isso como um sinal, mamãe. Lá vou eu!

Suas pernas pareciam feitas de gelatina ao sair do carro e caminhar em passos decididos até a entrada da casa de Paul Brouillette. Ele dissera que Zip sabia como abrir portas de correr. Talvez fosse melhor se andasse até os fundos, para que os vizinhos não a vissem e a delatassem a Paul. Talvez a chave em sua mão abrisse as portas de correr. Sentiu-se como uma criminosa ao esgueirar-se até os fundos da casa, tentando assumir um ar casual ao chegar à porta.

Josie olhou brevemente ao redor. Não havia nada à vista em qualquer dos lados da casa, exceto arbustos saudáveis e verdejantes podados com perfeição. Trêmula, começou a enfiar a chave na fechadura e desistiu. Ao voltar-se para ir embora, uma brisa leve agitou as árvores, trazendo o aroma dos lírios-do-vale às suas narinas. Um momento depois, as árvores aquietaram-se. Um cão latiu ao longe. Um sapo saltou na sua frente. Ela tapou a boca com as mãos para conter o grito que quase lhe escapou.

Não houve nem rangido nem som algum quando a chave girou e a porta abriu-se. Josie entrou na sala de jantar imaculada, percebendo instantaneamente que a casa fora decorada por um profissional. A residência de um solteiro, em tons terrosos. Nenhuma cor real em lugar algum. Enquanto ia de um a outro cômodo, ela percebeu o quanto aquele lugar era deprimente. Não parecia que alguém morava ali. Onde estavam os tesouros, as lembranças, as fotos de família? Percebeu as plantas artificiais e caras, feitas de seda, com um olhar enfadado. Detestava plantas artificiais. Decidiu que também detestava o decorador sem rosto que havia tomado essas liberdades modernas com a bela casa antiga.

Josie espiou a cozinha. Kitty teria adorado a área estéril, de aço inoxidável, mas não teria gostado nada da mesa e das cadeiras de ferro fundido. Não havia centro de mesa, nem toalhas ou guardanapos coloridos, nenhuma almofada nas cadeiras duras de ferro. Ela tremeu. Como Paul Brouillette podia viver em uma casa tão fria e impessoal? Talvez não morasse realmente ali; talvez esse fosse apenas um lugar de passagem. Após uma breve hesitação, abriu o imenso refrigerador e espantou-se ao ver as prateleiras cheias de comida.

Onde estavam as coisas de Zip, sua cama e brinquedos? Talvez Zip fosse apenas um cão para Paul, um animal que ele alimentava e levava à rua para fazer as necessidades. Ela sentiu uma ruga se formando entre as suas sobrancelhas. Um cão era um compromisso, uma responsabilidade, um membro da família.

A ruga permaneceu ali, enquanto se dirigia ao segundo piso. Disse a si mesma que ia até lá apenas para procurar os pertences de Zip. Claro que não iria até o quarto de Paul. Nunca faria algo assim. Kitty faria, mas não ela. Kitty desejaria saber o tipo de cuecas que ele usava.

As portas de três dormitórios estavam abertas. Josie espiou para dentro de cada um deles. Limpos, elegantes, decorados profissionalmente, como no piso inferior. Os banheiros eram em matizes suaves, com toalhas e tapetes combinando. Até o sabonete combinava. Ela fez uma careta. Será que esses quartos chegavam a ser usados? Será que Paul recebia visitas ou convidados? Imaginou se haveria algo feminino no quarto ou banheiro dele. Alguém que dormisse ali e esquecesse alguma coisa de vez em quando.

Josie precisou persuadir a si mesma para abrir a porta do que deveria ser o quarto de Paul. Três vezes sua mão foi até a maçaneta, e três vezes ela a retirou. Dar uma olhada no resto da casa ainda era algo natural, mas, se entrasse no quarto dele, estaria invadindo sua privacidade.

Na quarta tentativa, deixou que sua mão se fechasse em torno da maçaneta, que girou lentamente, enquanto Josie prendia o fôlego. Ali dentro era escuro e fresco, e precisou estreitar os olhos para ver os contornos dos móveis. Teve a impressão de estar em um quarto quadrado e grande, com móveis igualmente grandes. Ela apertou os olhos e os reabriu, na esperança de ter uma visão melhor. Vislumbrou fotos, quatro no total, sobre a longa penteadeira. Enquanto seus olhos se ajustavam à escuridão do quarto, seu olhar dirigiu-se à porta aberta do banheiro e para dentro deste, para a pilha de roupas no lado de fora da porta, para os criados-mudos e para a enorme cama, onde alguém dormia.

Josie achou que seu sangue poderia congelar nas veias, a qualquer momento. *Alguém dormindo.* Tapou a boca com a mão, espantada. *Seu trapaceiro! Seu espertalhão! Você está aqui, dormindo, enquanto eu me preocupo porque você não ligou. Kitty tinha razão. Você só queria alguém para cuidar do seu cachorro.*

Ela recuou, passou pela porta do quarto e a fechou em silêncio. Não percebeu que estava chorando até chegar à rua. Dentro de seu carro, pegou um lenço de papel e assoou o nariz. O perfume dos lírios-do-vale era tão forte que ela saiu do carro, atravessou o gramado e foi até a casa do vizinho de Paul, onde se ajoelhou para cheirar as pequenas flores. O aroma ali era quase imperceptível. Mesmo sabendo que pareceria uma idiota para qualquer um que a visse, continuou cheirando. Não se importava. Satisfeita, levantou-se e voltou ao carro. Sentia-se tonta quando recostou-se no banco do motorista para deixar que o leve aroma floral a banhasse.

— Ah, mamãe! — gemeu.

Ele sabia que estava em um hospital. Dava para perceber, pelo odor e pela forma como todos sussurravam. Sabia de uma ou duas coisinhas sobre hospitais. As pessoas morriam em hospitais. Seu pai havia morrido em um deles e seus três padrastos também, além das suas duas irmãs. Ele sabia que precisava abrir os olhos, mas no momento em que fizesse isso as vozes no quarto viriam ao seu encontro, fazendo perguntas. Não queria falar, e certamente não queria responder a perguntas. Precisava pensar. Precisava lembrar como havia chegado ali. Sabia que jamais iria por conta própria a um hospital. Isso deveria significar que sofrera algum tipo de acidente e que outra pessoa o trouxera. Queria mover suas pernas e braços, testar seus dedos e abrir os olhos, mas, se fizesse isso, as vozes saberiam que havia despertado. Melhor esperar e pensar.

Ouviu as palavras *desconhecido, leito quatro*. Será que se referiam a ele? Isso devia significar que não sabiam seu nome. Então, recordou. Estava correndo no parque e tudo o que tinha no bolso era uma nota de vinte dólares para a ida de táxi até em casa, mais tarde. Será que tropeçara e caíra? Ou fora atacado? Como chegara ali? Bem, a única maneira de descobrir era abrindo os olhos e fazendo perguntas. E foi isso exatamente o que fez.

Havia cinco pessoas no quarto, dois médicos e três enfermeiras.

— O que aconteceu comigo? Há quanto tempo estou aqui? — indagou, em um fio de voz.

Em vez de responder às suas perguntas, o médico mais alto fez outra:

— Quantos dedos estou lhe mostrando?

— Três. Qual é o problema comigo?

— Está sentindo dor? — o médico indagou, ignorando também esta pergunta.

— Minha cabeça e pescoço estão doendo. Estava com dor de cabeça quando desmaiei. O que aconteceu comigo?

— Não sabemos, mas supomos que você tenha sido assaltado. Não encontramos sua identidade quando o trouxeram. Você não tinha relógio, anéis ou dinheiro. Foi uma conclusão lógica. Uma babá que estava passeando com o bebê no parque ligou para a emergência e o pessoal da ambulância o trouxe. Você teve uma concussão bem feia. Qual é seu nome?

— Paul Brouillette. Há quanto tempo estou aqui?

— Hoje é o quinto dia. Você ficou inconsciente por quase vinte e quatro horas. Depois, sua consciência variou. Tentamos conversar com você, mas seu estado era de sonolência intensa. Seus sinais vitais estão bons. Essa dor de cabeça durará mais alguns dias. Agora, o que você tem de fazer é repousar e ingerir alimentos sólidos. Em um dia ou dois, terá alta. Precisamos anotar os dados de seu plano de saúde. Alguém da administração virá até aqui para isso, daqui a pouco. Por enquanto, vamos extrair sangue, fazer alguns exames e medir sua

FERN MICHAELS

pressão sangüínea. Ah, eu sou o Dr. Slobodian e este é o Dr. Entwhistle. Essas adoráveis enfermeiras são Karen, Janet e Andrea. Voltarei à noite. Durma e relaxe, Sr. Brouillette. É o melhor a fazer.

— Preciso fazer algumas ligações — disse Paul, cansado.

— As enfermeiras poderão ajudá-lo.

Ele achava que enfermeiras usavam toucas engomadas e farfalhavam ao caminhar. Essas mulheres moviam-se em silêncio e usavam toucas achatadas azuis, de papel, além de botinhas também de papel azul. Na televisão, elas usavam esse mesmo tipo de avental nas salas de cirurgia.

— Agora, Sr. Brouillette, para quem deseja ligar? — uma das enfermeiras perguntou, em tom animado.

Jack Emery? Para o escritório? Para sua mãe? Josie Dupré? Zip?

— Não consigo lembrar — mentiu. Inspirou fundo. — Será que alguém me mandou flores?

— Acho que não. Por que pergunta?

— Então é seu perfume que estou sentindo.

A enfermeira riu.

— Não podemos usar perfume. Eu não tenho nenhum cheiro. Tem certeza de que não é o cheiro do hospital?

— Sinto o perfume daquelas florzinhas brancas, parecidas com sininhos — disse ele, inspirando novamente.

— Quer dizer lírios-do-vale? Eu os cultivo no meu jardim, porque têm um perfume maravilhoso. Sinto muito por desapontá-lo, mas às vezes uma concussão reforça os sentidos, ou talvez alguém usando um perfume tenha passado pelo corredor. Deve ser isso. Uma visitante com perfume. Não se sente satisfeito por resolver esse mistério? Olhe, isso aqui não vai doer — disse a enfermeira, enquanto apertava o manguito do aparelho de pressão em seu braço. Paul adormeceu e ela assentiu, satisfeita, anotando depois os números no prontuário ao pé da cama.

* * *

Jack Emery desceu de pés descalços a escadaria e foi até a cozinha, onde começou a procurar o café. Quando viu que a cafeteira estava vazia e teria de fazer, resmungou. Enquanto o café gotejava, ele engoliu meio litro de suco de tomate gelado, jurando que nunca mais encheria a cara. Já tivera o suficiente de ressacas durante o que chamava de seus "anos rebeldes", mas essa era a mãe de todas as ressacas. Que droga! Aquelas duas últimas doses haviam estragado a festa. Já que não conseguia ver seu carro, isso significava que provavelmente tivera o bom senso de tomar um táxi, ou um dos amigos o deixara ali. De qualquer forma, o que haviam celebrado? A grande promoção de John Connors? Como se lhe importasse se Connors havia ou não sido promovido. Isso era apenas uma desculpa sua para beber além da conta. Bem, a próxima dose seria somente dali a seis meses.

Jack friccionou as têmporas. Hoje seria um dia para a recuperação. Graças a Deus era o proprietário de sua empresa e não teria de desculpar-se com algum chefe azedo e durão. Além disso, parecia que tinha um compromisso para hoje. Mas o que seria? Ah, sim. Deveria pegar Zip. Onde havia enfiado aquele pedaço de papel com o nome e endereço? Nos bolsos das calças ou da jaqueta? Precisaria subir até o quarto para procurá-lo. Seria bom ligar antes e combinar tudo. Prometeu a si mesmo que faria isso, assim que conseguisse subir as escadas. Ele terminou o suco de tomate e uma segunda xícara de café, mas ainda não se sentia melhor. Sentiu-se pior ainda ao olhar para o relógio. Não conseguiria chegar no horário para seu encontro com Marissa Gaffney, mesmo que se esforçasse. *Ligue agora e acabe logo com isso.*

Com a cabeça martelando, arrastou-se até o telefone e discou o número que já havia decorado.

— É Jack, Marissa. Desculpe-me, mas preciso cancelar nosso almoço. A verdade é que estou como babá de um cachorro. Estou com uma

FERN MICHAELS 94

tremenda ressaca e nem tenho carro no momento. Estou na casa de Paul, para cuidar do Zip. Eu devia alguns favores a Paul. Escute, quer jantar comigo amanhã à noite? Desculpe-me pelo almoço. Vamos jantar ou não? Ligue-me quando decidir.

Jack gemeu. *Que coisa, existem outros peixes no oceano. Mas não como Marissa.* Sabia que teria de enfrentar um período de seca total em relação às bebidas, e tudo porque não queria perdê-la. Marissa era *demais*.

Uma hora depois, com os cabelos ainda úmidos do banho, Jack vestiu bermudas cáqui, camisa pólo e calçou um par de sandálias. Não encontrou o endereço ou o número de telefone da guardiã temporária de Zip em suas roupas. Não havia papel algum. Conseguira perdê-lo. Merda! E o que faria agora? Paul ficaria muito chateado.

Jack virou-se para o criado-mudo com a cabeça ainda latejando, enquanto discava o número da linha privada de Paul em Nova York. Praguejou ao perceber que caíra na secretária eletrônica.

— Ei, cara, detesto ter que lhe dizer que perdi as informações sobre o Zip. Será que pode me ligar e me dar o número daquela gorducha com pés grandes? Prometo que vou lá assim que tiver o endereço e pego o cachorro. Esperarei seu telefonema. Agora são onze e meia.

Às quatro e meia da tarde, ainda com dor de cabeça, Jack ligou para as Empresas Brouillette e perguntou por Paul.

— Você deve ter alguma idéia de onde ele está. Está bem, peça que me ligue assim que voltar. Esperarei a ligação.

Às seis da tarde, cansado de esperar, Jack foi até a sala de estar, que agora pertencia a Zip. Nunca havia visto um sortimento tão grande de brinquedos, camas, coleiras, guias e até mesmo um carrinho vermelho de puxar, exceto em pet shops. A sala de Zip. Paul tinha uma cadeira e um pequeno aparelho de televisão. O resto da sala era totalmente de Zip. Ele examinou a prateleira acima do balcão do bar. Todos os tipos de petiscos para cães estavam ali. Ele pegou uma das guias com aparência mais resistente e tomou a decisão de vasculhar as proximidades. Paul dissera que se podia ir a pé até o local em que Zip estava. Ele poderia chamar o cão, assoviar, o que fosse preciso fazer para chamar sua atenção. O coitadinho do cachorro devia estar junto a alguma porta, uivando e se lamentando, louco para voltar para casa. Que tipo de diversão poderia ter com uma balofa de pés grandes? Zip era um cachorro de homem. Um verdadeiro cachorro de homem.

— Não se preocupe, companheiro, já estou chegando.

Seis

—Muito bem, parece que terminamos — disse Kitty, soprando uma mecha de cabelos de seu rosto. — Acho que os Soileau vão adorar esse jantarzinho íntimo para dois. Célia me lembra você, não sabe nem cozinhar um ovo, mas o marido a adora assim mesmo. Você deveria ver a gargantilha de brilhantes que ele vai dar ao seu "pudinzinho". Deve ter pelo menos cinco quilates. Além disso, ela não mexe um dedinho sequer nas tarefas domésticas. Tem uma empregada e uma babá para o filhinho. Devemos estar fazendo algo errado...

— Tudo dará certo. Fico pensando no que o "pudinzinho" fará quando e se fecharmos as portas. Há três anos fazemos o jantar deles a cada fim de semana — resmungou Josie. Algumas pessoas nasciam viradas para a lua. Diferente dela, que parecia não fazer nada direito no que se referia aos homens.

— Eles contratarão outro bufê que não chegará aos pés do nosso. Você parece ansiosa, maninha. Qual é o problema?

— Não, mas estou com uma sensação estranha o dia inteiro. Não consigo descobrir o que é. Sabia que ele voltou? Voltou, não me ligou e ainda estamos com o seu cachorro.

— Que negócio é esse de *estamos*? — Kitty perguntou, batendo a porta da caminhonete. — *Você* ainda está com o cachorro. Talvez ele tenha chegado tarde, talvez esteja com o telefone quebrado. Talvez esteja doente. Talvez esteja apaixonado por você e seja tímido demais para procurá-la novamente. As possibilidades são incontáveis. O tempo nos dirá o que aconteceu.

— Detesto deixar os cachorros sozinhos.

— Não me venha com essa. Sei que sua única vontade é ficar em casa, para o caso de o telefone tocar. É por isso que temos três secretárias eletrônicas em três linhas diferentes. Além disso, seria ótimo se ele ligasse e não a encontrasse.

— Não estou brincando. Estou *pê* da vida, se quer saber.

— Ih, Josie, mamãe lavaria a sua boca com sabão. Mocinhas bem-educadas não usam esse linguajar. *Nunca.*

— Elas também não correm *nuas* na chuva enquanto chupam manga — retrucou Josie.

— Um a um, irmãzona. Venha, vamos acabar logo com isso.

— O que estamos servindo mesmo? Por alguma razão, minha memória anda péssima nos últimos dias.

— Você já me fez essa pergunta seis vezes hoje. Pela sétima vez, estamos servindo ostras assadas com alho-porró refogado e molho holandês. Uma vez que esta é uma noite especial para os nossos clientes, escolhi as ostras por serem consideradas afrodisíacas. Agora me diga: quantas vezes você já viu um adesivo de carro que diz "Coma ostras da Louisiana e viva mais"? Milhares, talvez? Então? É uma escolha perfeita. Também temos berinjela assada e sopa de alho. Como acompanhamento, temos siri-azul com temperos creole, com molho de cebolinha. Célia dispensou a salada desta vez e quer duas sobremesas. Fiz sorvete de coco e profiteroles. Fiz o bastante para poderem se entupir dessas coisas durante a semana inteira. Como sempre, terão suprimento até o próximo fim de semana. Que lhe parece?

— Maravilhoso. Vão dormir embriagados de boa comida.

— E nós iremos rindo até o banco. Alegre-se, Josie. Sua cara está medonha.

Josie mostrou os dentes em uma careta.

FERN MICHAELS

— Está melhor?

Kitty suspirou.

— Não, mas acho que terei de suportá-la assim mesmo.

Jack Emery trotava pela rua, chamando por Zip e assoviando. Estava a três casas de distância do Bufê Dupré quando um menino de mais ou menos oito anos parou sua bicicleta com um ruído agudo na calçada.

— Perdeu seu cachorro? Por cinco dólares posso ajudar na busca. Como ele é?

— Um bóxer grande com orelhas bem levantadas. Marrom e branco. Grandalhão. Eu não o perdi, mas perdi o papel com o nome da mulher que está tomando conta dele. Seu nome é Zip.

— Ah, eu já vi o cachorro, vi sim. Eu a vi puxando o Zip em um carrinho. Não, acho que estou enganado. Quem puxava o cachorrão era um homem e a mulher estava puxando um cachorrinho peludo em um carrinho. Confie em mim, tenho certeza.

— Dê-me o endereço e os cinco dólares são seus. Nem precisa procurar por ele.

— É bem ali, naquela placa. A mulher se chama Josie. Sei que é ela, porque a dona Kitty não tem carrinho com cachorro. Ela só cozinha.

Jack imaginou se não estaria sendo feito de otário ao entregar a nota de cinco dólares ao menino.

— Entre pelos fundos, senhor. Os cachorros estão sempre presos, para não saírem para a rua. O cachorrão de orelhas em pé poderia saltar a cerca, mas não salta. Parece que gosta de ficar lá. Até logo!

Jack foi andando, com olhos e ouvidos em alerta, enquanto emitia um assovio agudo e alto. Foi recompensado com um uivo que arrepiou seus cabelos loiros e curtos.

— Oi, cara! Sou eu, Jack! Onde você está, Zip?

Um segundo uivo assustador rompeu a noite quieta. Jack seguiu o som. Ele ouviu um portão chacoalhar atrás da casa, enquanto subia os degraus. Apertou a campainha e aguardou.

— Alguém aí? — perguntou, quase gritando, apertando vezes sem conta a campainha. — Acho que a gorducha de pés grandes deixou você sozinho. Paul não vai gostar disso.

Ele mexeu no trinco, mas a porta estava trancada.

— Vou sentar aqui e esperar que sua... que a mulher volte. Senti saudade, garotão. Cara, tenho tantas coisas pra lhe contar!

Ele escutou um ruído, sentiu a vibração e então já estava rolando pelas escadas, indo parar no gramado.

— Mas o quê...? Zip! Mas como...? Ah, você abriu a porta! A dona da casa não vai gostar disso. Não, de jeito nenhum. E o que é isso? — perguntou, estendendo a mão para Rosie, que reclamou quando ele a levantou até a altura do rosto. A cachorrinha era macia e dengosa, parecida com Marissa quando estava em um bom dia. Num piscar de olhos, Zip saltou e arrancou Rosie de suas mãos. O cão colocou-a delicadamente no chão, entre suas duas patas frontais.

— Agora entendi! É oferta casada, você e ela. Entendo, ela é uma garotinha. Paul não me falou que tinha mais um cão. Ou será que essa belezinha é daqui? Provavelmente. Temos um problema. A porta está quebrada, então não podemos deixá-la aqui. Isso significa que precisaremos levá-la conosco. Nós a levaremos e eu a trarei de volta de manhã.

Zip deu ré, puxando Rosie com sua pata.

— Acho que falei algo errado. Tudo bem, não a traremos de volta. Vamos arcar com as conseqüências e deixar que Paul lide com a moça dos pés grandes. Será que há alguma pena para rapto canino? Paul que pense nisso. Diremos que ela nos seguiu. Sim, é isso que diremos. Mas vejamos se você me entende. Estou mudando o roteiro. Vamos para a *minha* casa, em vez de voltar para a casa de Paul. Não quero lidar com mais nenhuma mulher nesse momento, e isso inclui Marissa. Entenderam o espírito da coisa?

— Uof.

— Uof.

* * *

— O marido de Célia nos deixou orgulhosas hoje, Kitty. Cem dólares de gorjeta! O que o cara faz na vida? Viu como comiam? Aposto que a contratariam para cozinhar para eles todos os dias, se pudessem, mas acho que a comida não vai durar uma semana.

— Eles pedirão alguma coisa por disque-entrega ou irão a um fast-food. Depois, ficarão babando pela nossa comida durante dois dias. Para a semana que vem, Célia diz que o marido quer cauda de lagosta com batatas crocantes e purê de batata, pitu sobre *pappardelle* de espinafre com ovas de peixe ao molho de manteiga e champanhe, e salada *poke* com molho à vinagrete com gergelim. Para sobremesa, *malassadas* com *pastry cream* extra, tortinhas doces com sorvete de nata. Acho que vou acrescentar uma torta de amêndoas, para qualquer eventualidade. Ah, quase esqueci. Ele disse que ficaria realmente feliz se eu conseguisse dar um jeito de preparar lá mesmo seu prato favorito, pato com *andouille* e panquecas de cebolinha com molho de laranja ao gengibre. Claro que eu disse que sim. Posso fazer isso enquanto estiver ajeitando tudo lá, para estarem quentes na hora de servi-los.

— O homem pode morrer comendo tudo isso — balbuciou Josie. — Célia vai engordar!

— Sem dúvida. Você me perguntou o que ele faz na vida. É capitalista de risco. Nem sei direito o que é isso, mas ganha muito dinheiro.

— Eu me canso só de pensar em toda essa comida. Vamos lavar a louça de manhã. Só quero tomar uma ducha e ir para a cama. Eles pagaram o vinho hoje?

— Sim, todas as quatro garrafas. Incluíram tudo no cheque. Trancarei o carro e estarei em casa em um minuto. Não ouvi o latido dos cachorros.

— Provavelmente estão dormindo e roncando. Para uma cachorrinha, Rosie ronca alto demais. Kittyyyyyyy!

— O que houve?

— Olhe! A porta está quebrada! Está fora das dobradiças. Zip fugiu. Ah, meu Deus, o que direi a Paul? Rosie! Venha cá, Rosie! Onde está meu bebê? Ajude-me a procurá-la. Ai, e se ela escapou com Zip? As pessoas roubam cachorros o tempo todo, para fazer experiências científicas.

— Você não trancou a porta, Josie?

— Claro que sim, mas Zip conseguiu quebrá-la com uma patada. Você o viu fazer isso. Ele abriu a porta grande e simplesmente atravessou a porta de tela. Talvez Paul tenha vindo até aqui e ele quis sair. É isso. Aposto que está com Paul. Continue procurando enquanto ligo para ele.

Logo depois, ela disse à irmã, em tom de repulsa:

— Ninguém responde. Vou até lá.

— Não sem mim. Eu dirijo.

— Aquele filho-da-mãe roubou minha cadelinha, tenho certeza. Como ele pôde fazer isso, Kitty?

— Não sabemos se foi isso o que aconteceu. Se foi, eu ajudo a matá-lo. Eu lhe disse para não servir de babá para o cachorro dele. Você me ouviu? Não, não ouviu.

Josie já havia saído do carro antes mesmo de a irmã desligar o motor, indo depressa até os fundos. Em um piscar de olhos, já estava dentro da casa e acendendo a luz.

— Rosie! Rosie! Venha cá, meu bebê! Mas que droga, eles não estão aqui! Se estivessem, eu ouviria os latidos de Zip. A menos que estejam no andar de cima, no quarto dele, e a porta esteja fechada. — Ela subiu as escadas saltando degraus, chamando Rosie sem parar, com a irmã em seu encalço.

— Não há ninguém aqui, Kitty. A cama está desfeita. E o carro não está na garagem.

— Talvez ele tenha saído com os cachorros. É uma possibilidade.

— Não, não é e você sabe disso. Ele não está. Os cachorros sumiram. A casa está escura. Ele levou minha cadela!

— Ei, olhe essas fotos! Parecem familiares. O que você acha, Josie?

Josie mal olhou na direção da longa penteadeira.

— Não, e não estou interessada na família dele. Quem se importa com os parentes dele? Quero minha cadelinha!

— Tem certeza de que ele estava aqui hoje?

— Eu o vi com meus próprios olhos! Estava dormindo nessa maldita cama! Nessa cama! — Josie disse, apontando para a cama de casal.

— Provavelmente saiu para conquistar outra idiota e levá-la para jantar, para que ela cuide do seu cachorro e do meu também. Você faz idéia do quanto eu o detesto?

— Acho que sim. Vamos andar por aí com as janelas do carro abertas. Podemos chamar os cachorros.

— É quase meia-noite. Quer ser presa por perturbar a vizinhança? — perguntou Josie. — E se fugiram para algum lugar? Rosie nem saberia sobreviver sozinha.

— Entre no carro. Vamos andar por aí bem devagar. Se os cães estiverem na rua, sentirão seu cheiro. Por enquanto, isso é tudo que podemos fazer. Pela manhã poderemos ligar para o escritório dele ou voltar aqui. Pensaremos em algo até lá. Ei, talvez estejam lá em casa esperando por nós, quando voltarmos.

Eram duas horas quando Kitty desligou as luzes do Explorer, sem ouvirem latidos alegres vindo dos fundos da casa. Ela sentiu vontade de chorar.

— Farei um café e ligaremos para a polícia. Talvez a ronda noturna os veja, se estiverem na rua. Eu sei que eles estão em segurança, Josie. Posso lhe garantir que sim.

Josie assentiu, com uma expressão de sofrimento.

— E como estamos nos sentindo esta manhã, Sr. Brouillette? — a enfermeira jovem perguntou, sorridente.

— *Nós* não estamos nos sentindo muito melhor do que ontem à noite — resmungou Paul. — Vamos pular o banho de esponja.

— Lamento, mas não podemos fazer isso. Regras são regras. Germes são germes. Como está a dor de cabeça?

— Ainda está aqui. Quais são as chances de eu ter alta hoje?

— Quase as mesmas que as minhas de ir para o Havaí quando sair do trabalho hoje. Perguntaremos ao médico, quando passar em visita aos pacientes. Para o caso de o senhor ter esquecido, sua concussão foi grave. Precisa de ajuda para fazer ligações? Se contratar uma enfermeira particular, talvez o médico lhe dê alta um pouco antes. Pense nisso.

Paul suportou o banho de esponja, cerrando os dentes em frustração.

— Apenas por curiosidade, Sr. Brouillette, algum dia na vida o senhor já relaxou?

— Claro que sim. Por quê?

— Porque está muito tenso. A dor de cabeça poderia diminuir se o senhor relaxasse.

Ele fechou os olhos. Talvez a enfermeira tivesse razão. Como Jack diria, ele estava sempre ligado em potência máxima. E por que não deveria? Fora agredido e deixado quase à morte no parque. Fez uma anotação mental para ligar para a babá que o socorrera assim que pudesse. Pediria para sua secretária enviar-lhe um belo presente de agradecimento.

Ele pensou em Josie Dupré e nos cães. Um pequeno sorriso insinuou-se nos cantos de seus lábios. Ela era legal. Era até bonitinha, com aqueles cabelos selvagens. O sorriso ampliou-se quando pensou no boné de beisebol que lhe havia comprado e na alegria de Josie ao usá-lo. Recordou sua reação, quando a deixou cair na poça de chuva. O que ela estaria fazendo agora? Será que estava sentada naquele cantinho aconchegante da cozinha, tomando café com os cachorros aos seus pés? Desejou ter asas e voar para longe do hospital.

Seus olhos começaram a arder. Ele os esfregou. Quando tornou a abri-los, percebeu uma bela mulher de vestido cor-de-rosa espiando para dentro do quarto. Inspirou fundo o aroma sutil de lírio-do-vale que invadia o quarto. A mesma visitante do dia anterior. Fechou os olhos e, ao reabri-los, estava de volta ao Quarteirão Francês e ao quintal da casa onde havia crescido. Estava com dez anos e chorava, porque não conseguia entender o que estava acontecendo com a sua família. Todos estavam chorando. Ele podia vê-los pela abertura da porta. Tudo o que sabia era o que a arrumadeira lhe dissera e o que vira com seus próprios olhos. A caminhonete branca com luzes piscantes havia levado sua irmã de dezesseis anos embora e ela nunca mais voltaria. Do mesmo modo como Jackie nunca voltara.

Ele havia corrido para a mãe, gritando:

— *Mère, mère*, o que está acontecendo?

Sua mãe o empurrara, derrubando-o. Ela não demonstrara preocupação com ele, porque chorava tanto que seus ombros sacudiam-se. Sua mãe nunca mais parou de chorar. E nunca mais o olhou direito também. Olhava por sobre seus ombros, para os seus pés ou pelas laterais do seu corpo. À noite, esperava que ela viesse lhe dar um beijo de boa-noite ou lhe contar uma historinha sobre o que havia acontecido durante o dia, mas a mãe nunca mais aparecera. Nunca. A velha Réné vinha, arrastando os pés pelo corredor, o abraçava, alisava seus cabelos para trás, ouvia suas preces e perguntava se ele havia escovado os dentes. E sempre a última coisa que ela lhe dizia antes de apagar a luz era: "Algum dia, quando você for maior, poderá entender." Algum dia era muito tempo e, quando o dia chegara, não se preocupara mais se a mãe não o amava e não queria saber nada a seu respeito.

Seu nome era Bushy e era um cãozinho que Réné lhe dera às escondidas. Esse era o segredo de ambos. Meu Deus, como amava aquele cachorrinho. Depois de Bushy, teve Quincy, Basil e Corky, um de cada vez. Todos foram amados e adorados.

Seus olhos abriram-se de repente, quando o perfume de flores banhou novamente o quarto. Olhando para a porta aberta, viu um movimento rápido de algo cor-de-rosa. Desejou ser o paciente que a mulher visitava. Imaginou quem ela seria e se algum parente seu estaria muito doente. Esperava que não.

Paul tocou a campainha junto à grade lateral do leito. Uma voluntária apareceu imediatamente.

— Preciso que alguém faça um telefonema para mim.

— Terei o máximo prazer em ajudá-lo, senhor — disse a jovem, sorrindo.

— Pegue um pedaço de papel para anotar. Quero que diga exatamente o que vou ditar. Pode fazer isso?

— Claro que sim. Volto em um minuto.

A voluntária, que se apresentou como Jennifer, sentou-se ereta, com um bloco e um lápis prontos para entrar em ação no seu colo.

— Pode ditar.

— Você vai ligar para André Hoffauir, nas Empresas Brouillette. Eu lhe darei o número quando terminar de ditar. Diga-lhe que Paul lhe pediu esse favor. Diga-lhe que aconteceu um imprevisto e que não poderei ir ao escritório por alguns dias. Pode dizer que ele está totalmente no comando e que tem liberdade para fazer o que achar melhor. Que só se reportará a mim, a ninguém mais, nem mesmo à minha mãe. Está claro?

— Sim, senhor, muito claro.

— Não lhe diga que estou em um hospital. Se perguntar, diga-lhe que não sabe onde estou ou para onde vou. Apenas diga que lhe incumbi de transmitir esta mensagem e que logo entrarei em contato.

— Está bem. Quer que volte aqui e lhe conte o que ele respondeu?

— Sim. Pode ligar agora?

— Imediatamente.

O vestido cor-de-rosa tornou a mostrar-se brevemente no corredor, assim como o aroma de lírio-do-vale. Paul piscou e então esfregou os olhos com os nós dos dedos, quando a mulher bonita sorriu e lhe piscou devagar. Visão dupla, miragens, pessoas com cheiro de flor. Paul fechou os olhos e os abriu imediatamente. Não queria que a voluntária pensasse que havia adormecido.

— Dei o seu recado — disse-lhe ela ao voltar. — O Sr. Hoffauir pediu que, se eu tornasse a vê-lo, deveria dizer-lhe para se divertir como nunca. E que comandará o navio exatamente como o senhor faz,

FERN MICHAELS

e pediu-lhe para não se preocupar com nada. Disse que gerenciará a transação com Marie e que o senhor saberia o que isso significa. Para não se preocupar com nada, porque sentirá orgulho dele. Na verdade, como não perguntou nada a seu respeito, não precisei mentir.

— Muito obrigado, Jennifer. Sabe quem é aquela senhora de vestido cor-de-rosa? Ela fica passando para lá e para cá. É bonita e usa um perfume agradável.

Jennifer franziu a testa.

— Está se referindo a uma visitante ou a uma voluntária, talvez?

— Não sei. Ontem eu também a vi. Lembro o perfume.

— É cedo demais para visitantes. Todos os voluntários usam aventais azuis. Há apenas dois pacientes nessa ponta do corredor, o Sr. O'Brien e o Sr. Stevens. Suas esposas vêm à noite, porque trabalham durante o dia. Tanto quanto eu saiba, nenhum deles recebe outros visitantes. Os dois estão na sala de fisioterapia desde o café-da-manhã. Acho que isso não ajuda muito, não é?

— Talvez eu estivesse sonhando, adormecendo, sei lá — respondeu Paul. — Por outro lado, pode ser efeito da concussão. Obrigado por dar o telefonema por mim. Eu preciso fazer outras ligações mais tarde, quando me sentir mais disposto. Posso contar com você?

— Pressione o botão e eu virei. Hoje o dia está calmo. A maior parte dos pacientes está de alta.

Duas horas depois, Paul despertou lentamente, esticou as pernas e gemeu. Sentia o corpo contraído e dolorido, mas a dor de cabeça havia passado quase que totalmente. Suspirou de alívio. Tentou sorrir quando a voluntária enfiou a cabeça na porta.

— Que bom que acordou. Quer que faça aquelas ligações agora? Estou com o lápis e o bloco de anotações. Pediram-me para lhe dizer que o almoço será servido em quinze minutos. — Ela torceu o nariz, para mostrar o que achava do almoço que logo seria servido.

— O primeiro telefonema é para a Srta. Josie Dupré. O segundo é para Paul Emery. Diga à Srta. Dupré que tive um contratempo inevitável, mas que pretendo compensá-la. Não dê detalhes. Quando ligar para Emery, apenas diga-lhe que conto com ele para cuidar de Zip e para protegê-lo com a própria vida. Diga-lhe também que entro em contato daqui a alguns dias. Este é o número da Srta. Dupré...

— Está tudo certo. Eu lhe trarei o almoço quando voltar. Ah, a chefe das enfermeiras disse que ninguém usando um vestido cor-de-rosa passou por este corredor esta manhã. Ela tem olhos de águia, de modo que deve estar certa.

— Acho que sonhei, então.

— Creio que sim — disse a voluntária, já de saída. — Posso ajudá-lo em mais alguma coisa?

— Sim, traga-me uma garrafa de uísque.

A jovem deu uma risadinha.

— Sabe que não posso, Sr. Brouillette.

Paul suspirou. Como detestava hospitais! Detestava os odores, as cortinas de lona que rodeavam sua cama e os sons que vinham do corredor. Desejava poder sentar-se na cama, depois levantar-se e ir embora. Que inferno, nem mesmo sabia onde estavam suas roupas, e não iria andar por ali com o avental do hospital que lhe deixava o traseiro de fora. Imaginou se não estaria sendo punido por pecados que já cometera nesta vida.

Paul fechou os olhos e pensou em Josie Dupré. Imaginou o que ela diria, quando lhe dissesse que queria contratá-la para um evento especial de Dia das Mães, se pelo menos conseguisse encontrar o marido e o filho da sua irmã. Que melhor presente poderia dar à mãe? A neta que ela não via há tanto tempo... A filha de sua filha. Fez uma anotação mental para ligar para a agência de detetives e indagar sobre o progresso das buscas. Em seis meses, já deveria ter tido alguma notícia. No começo, muitas dicas quentes não haviam resultado em nada. Agora, tudo o que restava era o trabalho cansativo de bater perna pelas ruas, procurando, como o detetive lhe dissera. Seu lema era de que "quem procura acha".

* * *

FERN MICHAELS   *108*

Jack olhou para o telefone em sua mão, com o tom de discagem zumbindo em seu ouvido. Uma ruga funda marcou-lhe a testa. Mas o que Paul estava aprontando agora? Ou, melhor ainda, onde é que se metera?

"Aposto que você planejou exatamente isso desde o início, seu malandro", cogitou. Zip lamentou-se aos seus pés. Com Paul, mais alguns dias podiam muito bem transformar-se em três meses. Ele devia saber. Já havia caído nos truques do amigo, no passado. No fim, o que eram apenas mais alguns dias? Adorava Zip, e a pequena bola de pêlos estava começando a conquistá-lo também. Tentou não pensar na dona da cadelinha e no que ela estaria sentindo. Talvez devesse levar os dois cães de volta e arcar com as conseqüências. Sim, faria isso assim que tomasse banho e se barbeasse. Enquanto decidia-se a fazer isso, tentou não olhar nos olhos de nenhum dos animais, porque tinha certeza de que podiam ler sua mente. Melhor enfiá-los no carro, que lhe fora trazido de volta durante a noite, e ir até a casa onde pegara os dois.

Jack terminou seu café e então serviu-se de outra xícara, que levou até o banheiro, no andar de cima. Em menos de uma hora, estava pronto para sair. Consumiu mais cinco minutos tentando parecer arrependido na frente do espelho. Satisfeito, chamou os cachorros.

— Tenho afazeres na rua, Zip. Quer vir junto?

O grande bóxer correu para a porta, com Rosie em seu rastro. Colocá-los no carro seria o teste definitivo. No fim, não teve problema quando pegou Rosie e a ajeitou no assento de trás. Perdeu o equilíbrio e caiu em cheio no canteiro de flores quando Zip passou correndo e saltou junto da amiga.

— Você precisa aprender bons modos, garotão — reclamou, enquanto dava a partida no carro. Dez minutos depois, quase colidiu com um poste, quando Zip latiu muito alto em seu ouvido.

— Ah, é verdade, chegamos. Terei de pagar pela porta que você quebrou ontem à noite. Esperem! Deixem-me sair do carro primeiro!

Quem quer que ela fosse estava furiosa. Ele quase podia ver rolos de fumaça saindo de suas orelhas mesmo antes de abrir a porta do carro.

— Você roubou meus cachorros, seu desgraçado! Estão no seu carro! Abra a porta, antes que eu o encha de socos. — Sem esperar, Josie abriu a porta com raiva. Os dois cachorros saltaram e correram para a rua. — Volte aqui, Rosie! Quem é você? Vou ligar para a polícia! Fique bem aí e nem pense em fugir.

— Ei... escute... você entendeu tudo errado... eu...

— Cale a boca!

— Não me mande calar a boca! Estou lhe fazendo um favor! Eu trouxe a sua cachorra de volta. Não sabia que ela estava aqui também. Eu mereço agradecimentos. Onde está a moça com os...

— Com os o quê?

— A gorducha com pés grandes. Onde está? Aquela com cabelos de louca. Paul disse que ela estava cuidando do Zip. Ele fugiu quando eu vim buscá-lo. Obviamente, você não estava em casa. Eu não podia deixar a cadelinha, então a levei conosco. Liguei várias vezes, mas você também não respondeu.

Josie tentou digerir as informações. Gorducha, pés grandes e cabelos de louca! Ele viera pegar Zip.

— Foi Paul quem mandou? — perguntou, ríspida.

— Sim, senhora, foi ele. Agora, se chamar a gorducha, eu explicarei e levarei Zip de volta. Terei prazer em pagar o conserto da porta.

— Esta é a segunda porta que o Sr. Brouillette arruinou. É claro que você pagará. E não há nenhuma gorducha de pés grandes aqui. Somos somente minha irmã e eu. E não gostei do seu senso de humor e certamente também não gosto do senso de humor do Sr. Brouillette. Onde ele está?

— Ele?... Ãh... teve um contratempo. Faz alguns dias que não conversamos, mas recebi uma mensagem de Paul esta manhã. Ele disse que ligaria para você. Caso você não saiba, esse cara é assim mesmo — disse Jack, jogando as mãos para o alto. Ela era bonitinha. Até demais, para Paul. Para falar a verdade, era mais bonita que Marissa. Então, ligou seu charme. — Sinto realmente por tudo isso. Achei que estava fazendo um favor a um amigo. De algum modo, Paul somente... o que ele faz é... ah, droga, ele é um cara legal, mas, sabe, não é nada confiável. Pense nisso. Você estava com seu cachorro. Eu levei o cachorro. Trouxe os dois de volta. Você está zangada, eu também. E onde está Paul? Será que sabemos? Não, de jeito nenhum. Ele só deixa mensagens. Mas é um bom cara. Amigão mesmo. Você não é nem um pouco gorda e seus pés parecem de bom tamanho. Gosto dos seus cabelos. Adoro cabelos rebeldes. Quer dizer, gosto mesmo. Mulheres com cabelos como os seus têm muito onde podemos nos segurar. Escute, quer jantar comigo?

— Nem morta. Tem alguma idéia do quanto eu estava preocupada? Dirigi por aí a noite inteira procurando por esses cães. Chamei a polícia, fiquei sentada ao lado do telefone. Isso é inaceitável.

— Desculpe-me. Você tem razão, é inaceitável. Porém, não mate o mensageiro por lhe trazer más notícias. Precisamos culpar quem realmente merece: Paul — disse Jack, modestamente. — Por que não jantamos juntos hoje à noite e resolvemos o assunto? Nesse meio-tempo, posso ligar para uma loja de ferragens e pedir que alguém venha consertar sua porta. — Ao perceber o olhar indeciso da mulher, ele mudou sua estratégia. — Ei, eu sou um cara legal! Sou limpinho, tenho boas maneiras e meus dentes são todos meus, nada falso. Olhe esses cabelos aqui, não têm nem sinal de calvície. Tenho minha própria empresa e sei ser encantador. Você pode trazer sua irmã, se quiser. Adoro animais, sério, adoro mesmo. Por isso Paul me deixa cuidar do cachorro dele.

Josie sentiu um diabinho cutucando-a ao responder:

— Pois bem, por que não? A que horas?

— Que tal às oito? — Jack perguntou alegremente, enquanto batia as palmas das mãos.

— Às oito está ótimo. Agora, sobre o Zip. Ele não vai sem Rosie, o que significa que precisa ficar aqui. Eu cuidarei dos dois, por enquanto. Tem idéia de quando Paul voltará?

— Não nos falamos. Alguém ligou e me deixou o recado. Sei tanto quanto você. Você e Paul... humm... estão...? Quer dizer, vocês dois estão juntos?

Josie riu, uma risada irritada e amarga.

— Pode apostar que não.

— Por falar nisso, sou Jack Emery. — *Lá se foi sua garota, Paul. Bobeou, dançou.*

— Josie Dupré — disse Josie, estendendo sua mão para cumprimentá-lo. Sentiu calafrios ao ter sua mão levada aos lábios dele, mas riu ao ver a alegria em seus olhos. Seria uma noite divertida. Qualquer coisa era melhor que ficar sentada em casa com dois cães babando um pelo outro.

— Então eu a vejo à noite. Sou pontual.

— Que bom, porque também sou.

Josie ficou olhando até o BMW sumir de vista.

A vida era uma surpresa atrás da outra.

Sete

Ele parecia ter a mesma altura de Paul e praticamente o mesmo peso. Paul era moreno; Jack era claro. Pareciam caber nas mesmas roupas. Ambos tinham senso de humor, mas, se Paul era seco e surpreendente, Jack era efervescente e literalmente dançava ao fazer comentários irônicos, com os olhos brilhando de satisfação.

— É apenas um restaurantezinho despretensioso, mas servem os melhores bolinhos de camarão, e quero dizer melhores *mesmo*, além dos maravilhosos pãezinhos de milho. Esse é o cardápio. Polenta servida na palha é o acompanhamento. Não há outros pães, nem saladas. Cerveja, só preta. Eu venho aqui pelo menos uma vez por semana. É um lugar escuro, decadente e provavelmente não está entre os mais limpos, mas não existe comida melhor. Se você não gostar, podemos ir a outro lugar — disse Jack, segurando a porta aberta para Josie sair.

Ela entrou hesitante no lugar. Era tudo o que Jack dissera, talvez um pouco mais sujo do que ele sugerira. Kitty teria ficado horrorizada. Ela sabia que comeriam em pratos de papelão e receberiam copos de plástico rígido para a cerveja, além de guardanapos de papel.

Ele ria, divertindo-se com o substancial desconforto de Josie.

— Acho que você nunca esteve em um lugar como este!

— Quando eu estava na faculdade, fui a alguns parecidos. Só havia lugar de pé e a comida era pra lá de maravilhosa. Confio em sua avaliação.

Ele era atraente, com um sorriso contagiante. Era difícil não responder aos seus modos francos. Antes que se desse conta, já estava rindo e se divertindo, totalmente despreocupada.

— Então, os cachorros estão seguros?

— Minha irmã está cuidando deles. Não consigo explicar a atração que há entre eles. Zip é um bom cão. Não sei o que acontecerá quando Paul finalmente levá-lo para casa. Rosie ficará de coração partido.

— E, por falar em Paul, você recebeu seu recado?

— Sim — respondeu, abrupta.

— Será que Paul Brouillette é um assunto proibido hoje? Vejo algo em seu rosto e em seus olhos que me diz que este é um campo minado.

— E por que será que você tem essa impressão? — Josie indagou, em tom leve.

— Porque talvez seu coração pertença àquele grande cajun. Ei, tudo bem. Paul é um cara legal. Somos amigos há muito tempo. Acho que seu ego estava um pouco ferido quando eu apareci e a convidei para jantar, e foi por isso que aceitou. Por mim, não tem problema. Estou mais ou menos envolvido com alguém atualmente. Vamos apenas nos divertir e depois dar uma passada na Bourbon Street. Quero levá-la a Port Orleans para ouvir a Butterfunck. Eu poderia escutar aqueles caras a noite inteira. Sempre que recebo visitas, é o primeiro lugar que mostro.

Josie sorriu.

— Johnny Pappas, guitarra e vocais, Réné Richard no baixo e Trey Crain na percussão, certo? Como se pode esquecer um nome como Butterfunck?

As sobrancelhas de Jack levantaram-se.

— Como você conhece?

— Minha irmã, Kitty, vai até lá ouvi-los com freqüência. Eles são amigos. Aposto que você não sabia que Johnny vai se casar com

Jeanne. Sério! Ela é lindinha. Pedi a Paul para me levar até lá, alguns dias atrás. Você tem razão, são ótimos. Também fomos ao Preservation Hall naquela noite. Choveu o tempo todo.

Uma hora depois, Josie recostou-se na cadeira.

— Você tinha razão. É uma das melhores comidas que já provei. Preciso voltar aqui um dia desses. Você tem *alguma* idéia de quando Paul voltará?

— Desculpe, mas não sei. Paul nunca faz algo sem qualquer razão, de modo que, seja o que for, deve ser importante. Ele é uma pessoa gentil e bem-educada. Está apaixonada por ele?

— De onde tirou essa idéia?

— De você. Está escrito na sua cara. Quer falar sobre isso?

— Não. Sim. Talvez. Não. Não quero não.

— Então pagarei a conta para podermos ir embora.

— Ele está aqui. Eu o vi dormindo. Fui até a casa dele, à procura das coisas de Zip, e o vi lá, ferrado no sono, enquanto eu cuidava do seu cachorro. Não me ligou, como prometeu que faria. Deixei que as coisas saíssem de controle. Ele só queria alguém para cuidar do cachorro e eu sou uma idiota total, no que se refere a animais.

Jack remexeu em sua carteira, procurando o cartão de crédito.

— Quando foi isso?

— Ontem.

— Mas era eu! Dormi na casa de Paul. É uma longa história. Saí à noite e bebi demais, então tive de deixar meu carro. Era uma festa de despedida de solteiro, com muitos homens e muitos brindes, se é que me entende. Estou lhe falando, era *eu*!

O alívio na expressão dela era tão aparente que Jack explodiu em uma gargalhada.

— Ah, sim, isso realmente me diz que você não está apaixonada por ele. Ok, vamos embora. Butterfunck, aí vamos nós.

Josie deu seu braço a Jack. *Agora sim*, conseguiria aproveitar a noite.

* * *

Paul Brouillette apertou a mão do médico e recebeu uma lista curta de instruções.

— Vá com calma por algumas semanas. Nada de escaladas, corridas ou esportes radicais. Não levante pesos. Faça tudo com moderação. Eu gostaria que você voltasse para uma revisão daqui a um mês. Marque a consulta ao sair. Ligaremos um dia antes, para lembrá-lo.

Paul assentiu. Mais cedo naquele dia, o médico o tranqüilizara, dizendo que tudo estava bem.

— Está em condições de ter alta, Sr. Brouillette.

As palavras soaram como música em seus ouvidos. Agora, poderia dispensar a tirana que supervisionara sua recuperação de dez dias. Poderia voltar para o escritório se quisesse, ou poderia entrar em um avião e rumar para Nova Orleans. Poderia dar longas caminhadas com Zip e levar Josie Dupré para jantar. Uma ruga formou-se em seu rosto, enquanto era levado de cadeira de rodas pelos corredores do hospital. Perdera o Mardi Gras. Ansiara por levar Josie aos desfiles e se divertir ao seu lado. Precisava ligar para Jack Emery também. Mas que droga, precisava fazer um monte de coisas. Em primeiro lugar, porém, tinha de marcar uma visita ao detetive particular que contratara para encontrar sua sobrinha e o pai dela. Essa noite ligaria para André Hoffauir e pediria que fosse ao seu apartamento, para terem uma longa conversa. Pediria comida chinesa e poderiam acertar alguns assuntos de trabalho. Amanhã, se tudo corresse bem durante a noite, iria a Nova Orleans. Queria ver Josie Dupré quase tanto quanto desejava rever Zip. Talvez mais.

A ida até seu apartamento transcorreu sem incidentes. Paul passou os quarenta minutos pensando em todas as decisões que havia tomado durante os últimos dez dias. Esperava estar fazendo a coisa certa. Talvez, afinal de contas, o que lhe acontecera no parque tivesse servido para algo bom. Vira-se obrigado a reavaliar sua vida até então e a planejar o que iria fazer em relação a seu futuro. "A vida é curta demais", resmungou para si mesmo. Seus ombros estavam mais leves nos últimos dez dias, tão leves que ele às vezes sentia-se tonto de alívio. "Eu deveria ter feito isso anos atrás."

— Seis dólares, senhor — disse-lhe o motorista de táxi.

Dez minutos depois, Paul preenchia um cheque para Hilda Klausner, sorrindo amplamente. No último segundo ele puxou uma nota novinha de cinqüenta dólares da pilha que mantinha em uma gaveta em seu estúdio e a entregou à cansada auxiliar de enfermagem que o havia acompanhado até sua casa.

— Compre algo especial para você — disse, com gentileza.

Pela primeira vez, ele percebeu realmente as mãos vermelhas e os ombros caídos de cansaço da mulher. Se recordava direito, uma das voluntárias dissera que Hilda era mãe de três filhos e os sustentava sozinha.

— Espere, Sra. Klausner. Eu me enganei. — Ele pegou de volta a nota de cinqüenta dólares e puxou três notas de cem dólares da gaveta. — Também quero desculpar-me por ter sido tão rabugento enquanto estive hospitalizado. Eu nunca havia ficado confinado assim antes. Obrigado por seus excelentes cuidados.

A auxiliar de enfermagem olhou para as três notas de cem dólares e seus olhos encheram-se de lágrimas. Seus braços gordos e musculosos estenderam-se e Paul se viu envolvido e amassado contra os seios fartos.

— Sua mãe deve sentir muito orgulho do filho que tem. Ela o criou muito bem. Se precisar de algo, aqui está o número do meu telefone. Cuide-se, não exagere e, se sentir cansaço, repouse. Não tome muito café e durma bem. Eu me lembrarei do senhor nas minhas preces. Adeus.

Paul suspirou quando a porta fechou-se atrás de Hilda. Quase sentia sua falta. Inspirou o ar pesado do apartamento. Decidiu que preferia perfume — o perfume de Josie Dupré.

Com um drinque na mão, acomodado em sua poltrona, pegou o telefone e discou o número de Josie. Franziu a testa ao ouvir a gravação da secretária eletrônica. Falou brevemente, convidando-a para jantar no dia seguinte. A segunda chamada foi para o número particular de Jack. Também ouviu a gravação. Deixou uma segunda mensagem, imaginando se seria remotamente possível que Jack e Josie estivessem juntos em algum lugar. O terceiro telefonema foi para a companhia aérea, a fim de reservar seu vôo para o meio-dia do dia seguinte. A seguir, ligou para o detetive e marcou uma visita para o meio da semana. Finalmente, ligou para André Hoffauir, convidando-o para jantar.

— Quero vê-lo, André. Pedirei comida chinesa e a cerveja preta que você gosta. Trabalharemos até tarde, então não faça planos para hoje. Amanhã irei a Nova Orleans. Quero que tudo esteja acertado quando você sair daqui hoje. Vejo-o às dezenove horas.

Paul passou as horas seguintes tomando banho, vestindo roupas esportivas e examinando documentos em seu escritório de casa. Arrumou roupas, preparou os papéis em sua pasta executiva e também uma pequena valise de mão. Levou toda a bagagem para a porta e a deixou ali. Depois, deitou-se no sofá, sintonizou a TV em um canal de notícias e adormeceu ali mesmo — algo que nunca fizera em toda a sua vida adulta. Seu sono foi profundo e tranqüilo. Dormira assim, com tanta paz e tranqüilidade, apenas quando era pequeno.

Sabia que estava sonhando porque sua mãe nunca visitara seu apartamento de Nova York, nem Josie Dupré, e ainda assim as duas estavam em sua cozinha e brigavam por sua causa. Ele as observava escondido junto à porta, imaginando por que não viam nem a ele nem a mulher do vestido cor-de-rosa com perfume de flor. Escutou, enquanto um sorriso curvava para cima os cantos de sua boca e sua mãe discutia com a jovem proprietária do bufê. Ele olhou para o corredor que levava à sala de jantar, para ver se a mulher de cor-de-rosa também estava se divertindo com aquela discussão, mas não a viu. Isso o convenceu de que estava sonhando.

— Meu filho não pode casar-se com você, *chère*, porque já é casado com os negócios da família. Ele é o primogênito e tem suas obrigações. Sou mãe dele e sei muito bem o que estou dizendo.

Com as mãos nos quadris e os olhos faiscando, Josie Dupré inclinou-se na direção de Marie Lobelia.

— Sou a mulher que o ama. Ele me ama também. Estou com seu cachorro e também o adoro. Você não lhe permitiu ter um cão na infância, mas agora Paul tem um e não pretende abandoná-lo. Eu vou com o cão. Ficaremos todos juntos. Ele me levou para ver a Butterfunck! Se o amasse, você lhe daria a liberdade. Você é mãe! A *minha* mãe era a pessoa mais doce, gentil e maravilhosa do mundo, e tudo o que desejava era que eu e Kitty fôssemos felizes. Não consegui dizer adeus a ela e me arrependerei disso pelo resto da minha vida. Você pode compensar o passado, se for a mãe que Paul sempre desejou.

— Bravo! Bravo!

Paul revirou-se no sofá, com a cabeça e o pescoço ensopados de suor. Por que raios aquela mulher vestida de cor-de-rosa estava lá gritando "bravo"? Ele cerrou os dentes, concentrando sua visão na tela da TV ao ouvir a voz alta do âncora do noticiário. Sentou-se ereto. Mas que raio de sonho era *aquele*? Não tinha certeza, mas lhe parecia que sua casa estava cheirando a lírio-do-vale.

O bar no outro lado da sala o atraiu. Ele serviu-se de uísque com soda e engoliu sua dose de uma vez só, sentindo o baque da bebida muito gelada. Detestava sonhos, porque o faziam pensar sobre o passado.

Estava quase terminando a sua segunda dose quando André Hoffauir tocou a campainha. Seu humor estava expansivo ao abrir a porta.

André era baixo e redondo, tanto quanto uma bola de futebol. Tinha olhos muito azuis que brilhavam por trás de óculos com armação de metal e sorria o tempo todo.

— O que estamos celebrando? — ele perguntou, jogando seu casaco e as pastas que trouxera sobre o banco no vestíbulo.

— Minha liberdade e seus grilhões. Acho que isso merece um brinde.

— Estamos falando sobre o que acho que estamos falando?

— Pode apostar — respondeu Paul. — Estou lhe passando os negócios. Minha mãe provavelmente vai espernear um pouco no início, mas tem de ser assim mesmo. Não há ninguém mais para administrar a empresa ou que deseje fazer isso. Você é o único, meu amigo. Sei que tem planos para todas as nossas empresas, e sei que sabe como implementá-los. Você tem a minha bênção. Pretendo voltar para Nova Orleans e tornar-me sócio de Jack Emery. Você sabe que essa era a minha intenção, desde que me formei. Talvez eu me revele um péssimo arquiteto, mas, se isso acontecer, descobrirei outra coisa para fazer, mas não voltarei aos negócios da família. De jeito nenhum. Precisamos deixar isso bem claro.

— Tem certeza?

— Absoluta. Durante anos você me encheu os ouvidos, dizendo que eu precisava me casar e formar uma família. Como eu poderia, se me sinto tão mal por fazer o que detesto para ganhar a vida?

— Está me dizendo que pretende se casar?

— Talvez, um dia. Conheci uma garota e quero estar livre para investir nesse relacionamento. Está entendendo, André?

— Claro que sim. Escute, vamos passar um café para você, antes de começarmos a falar de negócios. Sua mãe e as tias vieram a Nova York, semana passada. Não estavam nada contentes. E ficaram mais infelizes ainda quando lhes contei que você não estava. O negócio de empacotamento de farinha de milho será fechado no dia 1º de junho.

— Não vai, não. Pretendo vendê-lo e dividir os lucros com os funcionários. Isso os ajudará até se aposentarem. Ninguém será prejudicado. Tenho uma idéia que deixará minha mãe satisfeita. É apenas uma questão de tempo.

— Está ouvindo o que está dizendo, Paul? Será que alguém no mundo inteiro seria louco a ponto de comprar aquela empresa obsoleta? E de quanto você está falando?

— *Eu* pretendo comprar a empresa. Só você e eu saberemos. Pagarei o que for preciso. Você está à frente da negociação, mas não deixe pistas, está bem?

— Estamos falando de uma fortuna, Paul.

— Eu sei. Venderei este apartamento, minhas ações e minha carteira de clientes. O que for preciso. Se precisar, venderei a casa em Nova Orleans. Como eu disse, farei o que for preciso. Minha mãe estava muito chateada?

— Você já viu fumacinha saindo das orelhas de alguém? Sua mãe estava cuspindo fogo, mas tenho a impressão de que era tudo encenação, sabe? Apenas para salvar as aparências na frente das velhinhas.

— Ela fez as ameaças de sempre?

— Não. Eu até que estava preparado, mas acho que ela já desistiu daquela empresa muito tempo atrás. Ela faz a encenação irada de sempre e tudo fica por isso mesmo. É um modo de vida, entende? É claro que sabe que a empresa está dando prejuízo há tempos. Eu também lhe disse que não havia como negociar. Claro que tentei ser gentil. Mas eu me sentiria muito melhor se você me contasse quais são seus planos em relação à sua mãe.

Paul lhe contou e terminou dizendo:

— Se pudermos encontrar minha sobrinha e acertar as coisas com meu cunhado, espero que minha mãe finalmente se sinta feliz e não se ressinta com a minha partida. Talvez eu esteja enganado, mas é o melhor que posso fazer.

— Tem alguma chance de encontrá-los?

— Nesse momento, estão examinando certidões de nascimento. O detetive acha que Nancy, minha sobrinha, pode ter se casado e ter filhos hoje em dia. Está tentando encontrá-la usando este método. Sabe, nome de solteira, essas coisas. Parece esperançoso, e isso também me dá esperanças. Nós a encontraremos, mais cedo ou mais tarde. Espero que até o Dia das Mães.

— Tomara que dê certo. Está pronto para falar de negócios?

— Só depois que jantarmos.

— Por mim, está ótimo.

— Aonde você vai, Marie? — as velhinhas perguntaram, em uma só voz.

— Ao jardim. Preciso pensar.

— *Chère*, você vai até lá para pensar em sua filha?

— Não, June, minha filha mais velha se foi. Desisti de esperar um dia poder rever minha neta. *Jamais* eu a verei de novo.

— Nunca mais é um longo tempo — disseram elas, em uníssono.

— Sim, eu sei. Preciso ficar tranqüila para pensar no meu filho.

— Se Paul é um homem tão importante, então por que está fechando a sua empresa?

— Porque estamos perdendo muito dinheiro com ela. É uma decisão comercial. Deve ser. Estamos de mãos atadas. De algum modo, sei que ele tomará a decisão correta. Eu sinto, bem aqui — disse Marie, golpeando seu peito.

— Então por que tivemos de ir até Nova York? Perdemos nossos programas de TV por dois dias!

— Fomos porque esperavam que fôssemos. Era a coisa certa a fazer. Expus nossas objeções, mas isso não importa mais. Pode ir, façam limonada ou chá. Eu volto daqui a pouco.

Marie sabia que as outras a observavam da janela da cozinha; assim, virou sua cadeira, dando-lhes as costas, para que não vissem suas lágrimas. Como podia ter chegado ao fim de sua vida sentindo-se tão profundamente infeliz? Esperara, contra toda a lógica, que Paul estivesse no escritório ao chegar a Nova York. Chegara a ensaiar um discurso — um pronunciamento cuidadoso, no qual desnudaria sua alma e pediria perdão. Durante anos, lutara com ele pela empresa, porque era a única forma de comunicação que lhes havia restado. Ela podia ventilar sua raiva por si mesma e por ele, ao brigar pelos negócios, podia dizer-lhe todas as palavras superficiais que nunca iam ao fundo do problema. *Como pude ser tão cruel e tão estúpida, dando as costas ao meu único filho?* Um garoto que não entendera na época, e ainda hoje, um homem, não entendia o que significara para ela perder duas filhas. Imaginou como seria ser abraçada pelo filho. Ouvi-lo dizer que a amava e saber que as palavras eram sinceras. Como devia ser maravilhoso! Entretanto, achava que não merecia essas coisas. Em seu coração, sabia que esse tipo de coisa jamais aconteceria. Assim, chorou silenciosamente, escondendo o rosto em um lencinho perfumado de renda, os ombros sacudindo-se de pesar.

Dentro da casa, as tias amontoavam-se aos cochichos, como se fossem velhotas fofoqueiras. Será que deveriam ir ao jardim ou permane-

FERN MICHAELS

cer dentro de casa e fingir que não sabiam que a amada irmã desmoronava, aos prantos? Decidiram esperar e olhar, porque era tudo o que podiam fazer.

O coração de Josie disparou ao escutar a mensagem de Paul Brouillette. Que ousadia! Que cara-de-pau!

— Nossa, nem quero imaginar que tipo de mensagem você ouviu — disse Kitty. — Você está parecendo um gato escaldado. Para o caso de querer saber, seus cabelos estão levantados! Será que alguém cancelou ou pediu um banquete gigantesco que não poderemos atender? E, por falar nisso, a nova garota está se saindo muito bem na cozinha. Não vai me dizer quem ligou?

— Era... — Josie cuspiu as palavras. — Era *ele*!

— *Ele?* Ele quem, Josie? Jack Emery, o diplomata, aquele piloto de corridas maluco que você conheceu ou *aquele ele*?

— Isso, esse mesmo! — Josie ficou remexendo nas franjas dos guardanapos sobre a mesa, com o olhar furioso. — Ligou, mas não deu qualquer explicação. Disse que espera que Zip esteja bem e que gostaria de me levar para jantar amanhã à noite. Breve e seco.

Reunindo coragem, Kitty falou:

— Bem, isso certamente explica por que você parece meio louca. Acho que não pretende ir, estou certa?

— Está ficando maluca? É claro que não vou. Quem ele pensa que é?

Kitty deu uma risadinha.

— Um *homme d'affaires*, um empresário ocupado.

Josie continuou puxando as franjas dos guardanapos. Seu pé batia repetidamente no chão, com impaciência.

— Então, ele é um homem de negócios e se julga muito importante. E daí?

— Você sabe que vai jantar com ele, então pare com isso. Deixe que lhe pague um bom jantar com um vinho excelente e depois mande-o pastar. Diga-lhe para levar o cachorro embora. Estou cansada de limpar cocôs enormes. O que você pretende vestir?

— Uma vez que não vou, não preciso me preocupar com isso. Você não deveria estar carregando coisas na caminhonete ou algo parecido? — Josie indagou, irritada.

Kitty estendeu a mão e ajeitou o guardanapo que a irmã amassara, alisando-o.

— Já disse isso. Agora temos ajuda. Estamos prontas. Só vim até aqui para pegá-la, já que é a sua vez de servir, hoje à noite.

— O que você fez?

— Escargots e lagostins.

— Parece ótimo. Muito bem, estou pronta. Prendi os cachorros no andar de cima, no quarto de hóspedes.

— Jack Emery vem aqui hoje?

— Não, Jack Emery não virá aqui hoje — retrucou Josie. — O que foi mesmo que você cozinhou?

— Ovos fritos de codorna com tempero de noz-pecã, leitão recheado com camarão e molho *bordelaise* de camarão, batatas-doces caramela-das e purê de espinafre, torta de creme de banana e trufas de chocolate.

— Interessante. Espero que esteja cobrando bem.

— *Muito* bem. Você deveria estar anotando, Josie. Já fez isso?

— Se eu deveria fazer, então fiz. Deixe de ser tão azeda, Kitty.

— Eu costumava só fazer bobagens quando me apaixonei por Harry. Fazia todo o tipo de burrada, como me esquecer de preencher notas para os clientes, me esquecer disso e daquilo, deixar de fora um ingrediente especial em uma receita etc. E então, já decidiu o que vai vestir? — Kitty perguntou, rindo.

— O vestido de linho amarelo com meu chapéu de palha. Aquele com o cinto com as cores do arco-íris, que combina com as sandálias.

— Boa escolha. Muito boa. E o perfume?

— Aquele que chega a ser um pecado e cheira a decadência!

— É isso aí, garota. Faça-o babar por você. Temos um estoque inteirinho de mangas frescas em casa!

— Guarde duas, ok?

— Pode deixar.

* * *

Jack Emery largou sua pasta e o paletó no sofá e rumou direto para a cozinha, onde abriu uma garrafa de cerveja. O telefone tocou enquanto tomava o primeiro gole.

— Meu Deus, não me diga que é Paul Brouillette em carne e osso. Mas onde diabos você se meteu, cara? Tem alguma idéia do que passei, por causa do seu desaparecimento? O que está acontecendo?

— Estou pronto para assinar o contrato de sociedade com você. Sou livre agora. Estarei em casa amanhã de tarde. Como vai o Zip?

— Como posso saber como está seu cachorro? Ah, e quanto à gorducha com pés grandes e cabelos de louca... Você me paga por essa. Sua amiga está com Zip. Ele destruiu a porta quando fui buscá-lo. Tive de comprar uma nova porta de tela, e soube que você também já fez o mesmo. Eu a levei para jantar. Deixe-me ser o primeiro a lhe contar que você não está na lista dos dez mais queridos daquela mulher. Acho que, no momento, está na lista dos dez mais detestados. Prepare-se para mil pedidos de desculpas, amigo. — Ele fez uma pausa. — Pretende mesmo tornar-se meu sócio, Paul?

— Sim, pretendo. Será que preciso levar um escudo, quando me encontrar com Josie?

— Talvez seja melhor uma armadura completa — Jack disse, rindo. — Por falar nisso, fomos assistir ao Butterfunck. Você poderia levá-la até lá de novo. É apenas uma sugestão. Ela adora assoviar e berrar, como uma macaca de auditório!

Ele olhou para o telefone que fora desligado na sua cara e riu até sentir que as lágrimas escorriam por seu rosto.

Jack tomou um longo gole de sua cerveja. Então, o grandalhão finalmente aceitara sua oferta de sociedade. Isso significava mais tempo livre, mais férias, e seu melhor amigo trabalhando ao seu lado. Dificilmente poderia ser melhor.

— Srta. Dupré, você teve algo a ver com tudo isso, e só posso lhe agradecer do fundo do coração.

* * *

Vestindo um terno feito sob medida, camisa imaculadamente branca e gravata de um estilista famoso, Jack Emery liderava seu cortejo rumo ao aeroporto de Nova Orleans.

— Vocês entenderam tudo? No minuto em que ele aparecer, vocês começam a tocar *When the Saints Go Marching In*, as meninas jogam as contas de Mardi Gras, o fotógrafo dispara a câmera e você — disse, apontando para a modelo seminua — segura o champanhe enquanto suas colegas levantam as taças. Podemos beber nas três limusines, a caminho do escritório. Todos preparados? Já lhes mostrei fotos dele, então vamos lá. Lembrem-se, marcharemos até ele como se fôssemos os donos da cidade, e por enquanto é quase isso. Continuem tocando a música até chegarmos às limusines. O cara vai ficar tão espantado que não conseguirá dizer uma palavra — concluiu, batendo as mãos, satisfeito. No que se referia a Paul, tudo era uma questão de manter a superioridade. Mal podia esperar para descobrir como seu companheiro reagiria. Não importando o que fosse, podia apostar que seria *grande*.

— Muito bem, lá vêm os passageiros. Lá está ele. É agora!

O queixo de Paul caiu ao ver os flashes. Seus olhos buscaram na multidão algum sinal de que tudo isso era em sua homenagem. Seu queixo caiu mais ainda quando a modelo seminua jogou os braços em torno do seu pescoço, segurando firme uma garrafa de champanhe em cada mão. Sentiu um beijo úmido no rosto, antes de encontrar o olhar de Jack. Então sorriu.

— É uma festa! — gritou, para ser ouvido acima da música.

— Acertou, uma festa todinha pra você, irmão. Haverá outra no escritório, daqui a pouco. Era o mínimo que eu podia fazer por meu velho companheiro. Bem-vindo ao lar, Paul! — Jack exclamou, dando-lhe tapinhas nas costas.

— Onde está Zip?

— Com a gorducha de pés grandes. Vou pegá-lo por essa!

— Será que podemos buscá-lo no caminho? Estou com saudade.

— Tentei, mas não há ninguém em casa. Não ouvi o latido do Zip e não queria repetir a cena da outra noite, quando ele derrubou a porta. Podemos pegá-lo depois da festa. Só durará uma hora, ou um pouco mais. Temos uns caras novos na empresa que estão loucos para conhecer você. Também quero lhe falar sobre seu primeiro projeto. Depois, vou sair em férias com Marissa.

— Pretende me deixar sozinho com... com tudo?

— Ei, agora você é meu sócio. É melhor mergulhar de cabeça. Então, que seja agora. Você consegue! Se algo der errado, não tem problema. É assim que se aprende.

O súbito silêncio foi chocante, no momento em que os músicos começaram a guardar seus instrumentos. Paul tirou o paletó, enrolou as mangas da camisa e afrouxou a gravata.

— Viu? Você relaxou. — Jack riu enquanto empurrava o amigo para dentro da limusine. — Esta aqui é só para nós. Os outros vão naquelas duas ali atrás. Agora, deixe de bobagens e me conte sobre Josie Dupré. Será que vai dar em algo? O que posso fazer para dar uma forcinha? Claro que você nunca precisará de muita força, e disso tenho certeza. Tome — falou, estendendo a garrafa de champanhe para Paul e mantendo uma para si. As duas rolhas estouraram simultaneamente.

Paul bebeu da própria garrafa. Era hora de falar. De se abrir. Hora de tirar o peso de seus ombros. Mais que hora.

Oito

Kitty Dupré andava para cá e para lá na longa e estreita cozinha experimental, com a expressão transformada em uma máscara de fúria.

— Estou cozinhando há oito horas sem descanso e agora você me diz que os Larsen estão cancelando! Por quê? Quem vai me pagar por todo o meu trabalho?

— Acalme-se, Kitty. Emma Larsen deixou um cheque, vinte minutos atrás. Não teremos um centavo de prejuízo. Teremos um montão de comida sobrando, isso sim. Podemos comê-la ou levá-la até um abrigo de sem-teto. Não há problema nisso. Se quiser, eu mesma levo. Depois, tenho de me aprontar para...

— Pelo que sei, você tem apenas quatro horas livres até seu encontro — disse Kitty. — Eu precisava de seis horas inteiras quando tinha um encontro com Harry. Vou empacotar um pouco dessa comida e levar para casa, para o caso de você querer, ãh... jantar em casa. Vou dormir na casa do Harry esta noite. Ele deve chegar a qualquer momento. Temos dois dias inteiros. Tiramos um dia livre amanhã, de modo que você só me verá quinta-feira. Se precisar de mim, ligue. Jill e eu deixaremos o resto dessa comida no abrigo. Vá, faça o que tem de fazer. As mangas estão na mesa da cozinha.

Josie jogou uma colher de pau na irmã, com o rosto ardendo.

FERN MICHAELS

Kitty riu ao dizer:

— Ah, irmãzinha, o cara é muito tenso. Ele se leva muito a sério e precisa relaxar um pouco. Pense em toda a diversão que teriam, se pudessem soltar-se um pouco. Mamãe lhe diria para ir com tudo. Ela agarrou papai com uns métodos nada convencionais. Pense nisso. — Ela fez uma pose, pegou o rolo de abrir massas e, segurando-o na frente do corpo, começou a cantar:

Vou me livrar das minhas meias-calças
E dos sapatos de salto alto e bico fino.
Vou encontrar roupas mais confortáveis
E me libertar das minhas meias-calças.
Quem foi que decidiu o que eu deveria vestir?
Muita maquiagem e todos esses penteados.
Tenho algo por baixo disso que desejo mostrar.
Vou me livrar das minhas meias-calças.

Josie explodiu em risadas enquanto Kitty revirava os olhos e o rolo de massas, fingindo estar em um palco, e se divertiu observando enquanto a irmã deixava o palco fictício com ar superior e orgulhoso de um grande artista.

— Já chega! Essa música está nos meus ouvidos desde que comprei o CD de Corinda Carford.

— Você não acha que nasci para cantar? — Kitty perguntou, rindo.

— Você não é nenhuma Corinda Carford, disso eu tenho certeza. É melhor continuar cozinhando.

— Não se esqueça do que lhe falei sobre as mangas. Estão muuuuito maduras.

— Uma doida na família já basta. Se tem certeza de que não precisará de mim, então vou fazer o que preciso. Você pode deixar o cheque dos Larsen no banco, a caminho do abrigo. Está sobre a minha escrivaninha, junto com o recibo de depósito. Precisamos enviar algumas flores para o Sr. Larsen, que está hospitalizado, porque escorregou na lavanderia, em água com sabão, e quebrou a perna. Acho que o pobrezinho ficou lá gemendo de dor até o filho chegar da escola. Mas tenho certeza de que se recuperará.

— Vou mandar flores, então. Onde estão os cachorros?

— Na cozinha. Vou mantê-los comigo.

Josie correu para casa, com o coração batendo forte. Dentro de algumas horas veria Paul. Precisava de um bom e longo banho de espuma. De uma manicure e pedicure também. Precisava depilar as pernas e também fazer algo com seus cabelos. Quatro horas para a hora da decisão. Quatro horas até Paul Brouillette passar pela porta da sua casa. Ela fechou os olhos e girou pela cozinha. Os dois cães acompanharam seus movimentos, enquanto ela abanava o pano de pratos para lá e para cá em sua dança, com expressão sonhadora. Parou por um minuto e pegou uma das mangas na tigela sobre a mesa da cozinha. De jeito nenhum. Nem em um milhão de anos. Kitty tinha razão: estavam muito maduras. Mais um dia e estariam podres, mas agora ainda pareciam suculentas e deliciosas. Quase podia sentir o suco morno e grudento gotejando por entre seus seios. Quase.

— Vamos, crianças. É hora de se aprontarem. O tempo está correndo e seu dono chegará daqui a pouco, Zip. Andem!

Os dois cães zuniram pela porta da cozinha, escadas acima, onde aguardaram, ofegantes, que ela os alcançasse. Ao chegar ao alto, eles correram pelo corredor até seu quarto. Zip sempre dava um grande salto e aterrissava bem no meio da cama, enquanto Rosie precisava subir no banquinho que Josie havia colocado no pé da cama para facilitar suas subidas e descidas.

O olhar do bóxer percorreu o arranjo disparatado de roupas sobre a cama. Ele cheirou e remexeu tudo, até abrir espaço para deitar-se com Rosie. Uma pata enorme enganchou-se em uma calcinha que era pouco mais que teias de fios e rendas e a deixou cair pelo lado da cama.

— Isso é sinal de aprovação ou desaprovação? — Josie perguntou, rindo e pegando as roupas íntimas para levar consigo para o banheiro.

— Uof.

A água enchia a banheira antiga com pés em garra, enquanto Josie examinava o vasto arranjo de sais de banho em frascos de cristal na prateleira acima da banheira. Madressilva, lavanda, abacate, lírio-do-vale, jacinto. Ela escolheu o de lírio-do-vale e despejou uma porção generosa na água.

— Você está aí, não é, mamãe? Posso sentir sua presença. Talvez seja apenas um desejo meu. Sim, eu sei que posso contar com Kitty para me dar bons conselhos, na maior parte do tempo, mas é com você que quero falar. Deus, eu gostaria que você estivesse aqui. Eu gosto desse cara. Provavelmente mais do que deveria. Pode ser que seja *ele*, mãe. Pode mesmo. Kitty tem razão: ele é bem tenso. Reservado. Posso ver dor no seu olhar. Sei que parece estúpido, mas há dor naqueles olhos. Posso sentir a dor, assim como sinto que você está perto de mim. Quero fazer tudo direito esta noite. Quero que ele deseje me ver de novo. Não por causa dos cachorros, mas por minha causa. Talvez eu deva fazer algo para lhe transmitir meus sentimentos. Talvez deva dizer algo. O que devo vestir? E se me arrumar toda e ele estiver bem esportivo? E se *ele* estiver todo arrumadinho e eu estiver bem informal? Nunca acerto! Sinto-me tão só. Não sei por que me sinto assim. Será que já lhe contei o quanto lamento por ter pego suas pérolas e rebentado o colar? É isso o que quero dizer, mãe. Há tantas coisas que eu nunca disse! Queria poder dizê-las. Eu adorava aquele colar e sei que significava muito para você, porque ganhou de presente do papai no primeiro aniversário de casamento. Você nem ficou furiosa. Você dizia que sempre se sentia querida e bem, quando o usava. Você não me puniu, nem me deu uns tapas. Nunca entendi isso. Eu cheguei a lhe escrever uma carta, mas não a entreguei. Perdão, mamãe. Sabia que eu chorei durante dias, quando você me deu um colar de pérolas no meu aniversário de dezessete anos? Eu também lhe escrevi uma carta de agradecimento por isso. E, sabe, não vou fazer aquela coisa com a manga...

Josie parou com o seu monólogo, o suficiente para despir-se e servir-se de uma taça de vinho, que levou para a banheira. Um banho de cinqüenta minutos lhe faria maravilhas.

O grande momento estava a apenas trinta e cinco minutos quando prendeu o último grampo ao seu coque. Espiou-se no espelho. Mechas soltas de cabelo enroscavam-se em sua testa e perto das orelhas. Não poderia fazer mais nada a respeito, de modo que deixaria assim mesmo. Ela pegou o frasco de perfume, borrifou o ar à sua volta e dançou sob as gotículas. Delicioso. Absolutamente delicioso.

Faltava algo. O vestido amarelo de linho era simples, mas perfeito. As sandálias combinavam. Se não se sentasse durante os próximos trinta e cinco minutos, estaria impecável quando ele chegasse. Adorava linho, embora amassasse com muita facilidade.

— O que vocês acham, crianças? Preciso de alguma coisa. Não me sinto *pronta*.

Rosie deu a volta em torno de seus pés, tentando lamber seus tornozelos. Zip corria pelo quarto, ampliando o círculo de Rosie, e, ao fazer isso, colidiu com o toucador, chacoalhando o banquinho no qual Josie sentara-se para aplicar maquiagem, desequilibrando-a. Ela apenas observou, enquanto sua caixa de jóias saltava e se abria, espalhando seu conteúdo sobre o vidro do toucador. Um fio solitário de pérolas voou até o chão.

Josie levantou-se, girando com os braços estendidos enquanto movia-se pelo quarto em uma dança frenética, com os cães correndo ao seu redor.

— Mamãe!

Quando não houve resposta — e ela sabia que não haveria —, Josie caiu de joelhos para recolher as pérolas, sabendo que seu vestido amarelo estaria todo amarrotado quando se levantasse. Não importava. Em vez disso, prendeu o colar ao pescoço. Queria tanto chorar que mordeu o lábio inferior para impedir as lágrimas. Imaginou se alguém acreditaria se dissesse que sua mãe estava ali. Talvez Kitty acreditasse. Mas talvez nem ela. Ou se acreditava nessas coisas ou não.

Ela acreditava.

Paul estava tonto ao despedir-se de todos. Não podia lembrar-se de ter se sentido tão bem quanto se sentia agora. Todos pareciam realmente contentes por sua chegada. Sabia que adoraria trabalhar ali, fazendo algo que amava. Finalmente. Era o seu dia. Um dia que lhe parecera que nunca chegaria, mas chegara. Graças a um assalto no Central Park.

Uma outra rodada de despedidas e então Jack literalmente o empurrou porta afora.

— Vou levá-lo em casa, e você tomará uma jarra inteira de café antes de seu encontro com a moça dos pés grandes. Você não quer que ela o expulse por estar embriagado. Além disso, você falou que o detetive particular chegaria às cinco e já está quase na hora. É melhor se apressar.

— Parece-me um bom plano. Aonde devo levar Josie para jantar?

— Se eu fosse você, tentaria convencê-la a cozinhar algo para você. Fique, aconchegue-se com ela no sofá e não beba mais nada com álcool hoje. Você gosta dessa garota, não?

— Gosto, sim — disse Paul, animado.

— Seu histórico com mulheres não é muito bom. Quer um conselho?

— De jeito nenhum. Posso lidar sozinho com minha vida amorosa. Você não está tão bem assim para poder dar conselhos.

— Bom, é verdade — ponderou Jack, de bom humor. — Com você a história é outra: ame-as e as abandone.

— Isso também é verdade, mas eu não tinha condições de levar romances a sério. Minha vida estava um horror e eu não poderia sujeitar uma mulher a isso. Não teria sido justo. Agora que me livrei das algemas, estou livre para assumir um relacionamento.

— Você vai visitar sua mãe?

— Uma horas dessas... Realmente não quero falar sobre isso agora, Jack.

— Paul, se quiser, pode levar Zip com você para o escritório. Ele será um bom mascote. O pessoal vai conversar e caminhar por lá com ele o tempo todo. Nós trabalhamos de um modo bem informal. Pense nisso. Ok, chegamos. Quer que eu entre e prepare o café para você?

O olhar de Paul foi tão dardejante que Jack recuou.

— Acho que sou capaz de fazer meu próprio café e bebê-lo também. Obrigado, companheiro. Pegue sua namorada e divirta-se. Eu o vejo quando você voltar. Fala sério sobre eu levar Zip para o trabalho?

— Claro. Adoro aquele cachorrão. Até logo, amigo.

Paul destrancou a porta e entrou em sua casa, consciente do vasto silêncio. Olhou em volta, para a perfeição que o decorador havia criado, como se enxergasse tudo pela primeira vez. Jogou sua gravata sobre uma cadeira e seu paletó sobre outra. Deu um passo para trás, assumiu uma posição de basquete e lançou sua maleta na direção geral do sofá, mas, ao vê-la aterrissar dentro da lareira, ele jogou a cabeça para trás e sua gargalhada ecoou pela sala. Sua valise com roupas e a bolsa de mão foram jogadas no meio de um exótico tapete oriental. Ele riu novamente quando o jornal soltou-se da alça da bolsa de mão, onde estivera enrolado, e caiu no chão. Ele lhe deu um chute e o viu espalhar-se em todas as direções. Tudo o que precisava agora era que Zip estivesse ali para fazer cocô naquelas folhas.

Foi de um a outro cômodo, imaginando por que sua casa ainda cheirava a tinta e cola de papel de parede. Ele detestava aqueles cheiros quase tanto quanto detestava o cheiro de um carro novo.

Ele foi até os fundos da casa, parando na cozinha para pegar uma coxa de galinha e um pedaço de queijo. Ele encheu a cafeteira com grãos de café, despejou água, virou o cesto dos grãos para a esquerda e ouviu a máquina moendo o café. Quando parou, foi para o outro cômodo que dividia com Zip. Não que Zip precisasse ficar confinado àquela peça da casa. O animal tinha total liberdade, mas parecia gostar especialmente daquela sala com as portas envidraçadas, pois podia ver lá fora e fantasiar que perseguia esquilos e lagartixas que subiam pela treliça. O que faria se Zip não quisesse mais a sua companhia? Como lidaria com isso? Um homem precisava do seu cão. Essa era a ordem natural das coisas. Agora havia duas fêmeas em sua vida, Josie e Rosie. Ele precisava decidir o que faria sobre *isso* também.

Paul mastigou sua coxa de galinha e imaginou se estaria se apaixonando. Não importava o que estivesse sentindo por Josie Dupré, era algo que nunca havia sentido por uma mulher. Portanto, deveria ser importante. Precisava começar a prestar atenção a coisas assim.

A campainha da porta da frente tocou exatamente quando conferia a hora. O detetive! Pontual. Isso era bom sinal. Acabou de engolir um pedaço de queijo e foi atendê-lo. Sentia-se tão satisfeito com a bagunça na sala de estar que deu a si mesmo um tapinha mental nas costas.

O detetive era grande e musculoso, parecendo-se com um tronco de árvore com quatro grandes galhos. Suas mãos eram imensas. Paul cogitou se transpareceria em seu rosto a dor do apertão de mãos com aquele homenzarrão. Desejou poder enfiar a mão em água quente.

— Vamos para a cozinha, para ficarmos à vontade. Bebe alguma coisa? Café, cerveja ou água mineral?

— Não tem limonada?

— Não sei. Deixe-me ver. Que tal um sanduíche, uma coxa de galinha ou presunto e queijo? — perguntou Paul, retirando da geladeira um naco de presunto e o enfiando todo na boca.

— Acho que é limonada isso aqui na jarra. Quer experimentar? A empregada deve ter feito. — Ao ver o homem assentir, Paul serviu-o e, enquanto servia café para si, perguntou: — E então, o que tem para mim?

— O que tenho é tão bom que até sinto medo de lhe contar. Acho que encontrei seu cunhado e sua sobrinha. Estão vivendo em Lafayette. Eu estava certo sobre a moça. Ela teve um filhinho chamado Peter. O pai mudou os nomes, quando se mudaram. Por isso demorei um pouco para encontrá-los. Por "pai" quero dizer seu cunhado. Estão vivendo com o sobrenome de Tullier. Sua sobrinha deve ser bastante independente, porque colocou o sobrenome de solteira da sua mãe na certidão de nascimento da criança. Por falar nisso, ela não é casada.

Paul fez um gesto de mão, acenando para a pouca importância dessa informação adicional.

— Eles estão bem? Precisam de alguma coisa?

— Vivem em um pequeno apartamento limpo e arrumado. O menino tem cabelos e olhos escuros e é robusto. Tem um cachorro com pintas e brinca com ele no quintal cercado da casa. Eles não são ricos, se é isso que deseja saber. Sua sobrinha trabalha como secretária particular em um escritório de advocacia e o menino fica em uma creche durante o dia. O carro dela é um Honda com oito anos de idade. Seu cunhado trabalha como guarda de segurança em um hotel. Passei dias seguindo-os, de modo que já conheço de cor sua rotina. Ele tem problemas com jogo. Provavelmente também bebe mais do que deveria. Acho que sua sobrinha sustenta a si mesma e ao filho sem a ajuda dele. Eles não perceberam que estavam sendo vigiados. Você pode ir até lá a qualquer momento. Eu posso acompanhá-lo, se preferir, embora meu trabalho tenha terminado. Desculpe-me a demora em lhe trazer resultados. Podemos acertar agora ou eu posso lhe enviar a conta. Gostei da limonada.

— Vou pegar o talão de cheques. Tirou alguma fotografia?

— Sim, senhor, tenho dois rolos de filme, com fotos bem próximas. Está tudo aqui.

Paul mal podia esperar que o detetive saísse. Ele fez o cheque e o levou até a porta com tanta pressa que parecia ter asas nos pés.

— Muito obrigado por seu esforço.

— Boa sorte, Sr. Brouillette.

Paul assentiu. Ele literalmente correu até a cozinha, onde abriu o envelope. Seus olhos arderam quando viu o menininho sentado em uma bicicleta enferrujada, mas as lágrimas escorreram por seu rosto apenas ao ver as fotos de sua sobrinha. Parecia-se tanto com sua irmã que dava a impressão de ser ela mesma. Sua mãe ficaria muito feliz. *Ele* estava feliz. Mais feliz do que se sentia há anos. Seu olhar foi para o menino com o cão cheio de pintas.

— O garoto é um Brouillette — exclamou, alegre. — Meu Deus, é um verdadeiro Brouillette.

Paul recostou-se, sentindo-se como se tivesse tudo na vida, que subitamente lhe parecia maravilhosa e o fazia sentir vontade de gritar, dançar e fazer tudo que nunca fizera na infância. Tudo que se precisava fazer era perseverar. Mais cedo ou mais tarde, a vitória vinha. Ele era a prova viva disso.

— Obrigado, Deus — disse, baixando a cabeça e fechando os olhos.

Seu coração lhe dizia para ir até Lafayette pela manhã. Sua cabeça lhe dizia para esperar até o fim de semana. Talvez Josie Dupré pudesse acompanhá-lo. As mulheres sabiam lidar com coisas assim. Sua presença poderia convencer sua sobrinha a voltar com eles. Ele certamente não queria assustá-la. As mulheres eram muito protetoras, quando se tratava dos filhos. Sim, era melhor ir no fim de semana. Era melhor não abandonar a firma no primeiro dia do seu novo emprego. Jack não se importaria, mas era melhor ir trabalhar. Além disso, precisava de alguns dias para pensar em tudo, planejar e assimilar essas notícias, depois de tanto tempo e tantas falsas esperanças, depois de tantos meses e anos de busca. Sua mãe ficaria tão feliz! Dava até para imaginar sua expressão.

Peter. Um nome forte. Peter Brouillette. Pequeno Pete, Petey. Ele seria o tio Paul e o pensamento o fez estufar o peito.

Olhou para o relógio da cozinha. Era hora de tomar banho e se barbear. Talvez devesse ter feito reserva em algum restaurante, mas Jack dissera: *"Peça para ela cozinhar algo para você."* Ovos já serviriam, eram sempre bem-vindos, a qualquer hora do dia. Não teria de se produzir todo para isso. Jeans e tênis já serviam. Zip saltaria e o encheria de pêlos. Ah, sim. Jeans e tênis. Amanhã levaria Josie a algum lugar especial. Ela não se importaria. Essa era uma das coisas que gostava nela, sua disposição. Era uma moça agradável. Realmente, realmente agradável. Gostava dela, e muito. Muito mesmo. Se as coisas dessem certo esta noite, poderia dizer o quanto. Mas que coisa! A vida parecia tão boa que ele cruzou os dedos, para que nada desse errado.

Banhado, barbeado e penteado, usando jeans, camiseta e tênis, ele estava pronto quarenta minutos antes. Assim, acomodou-se na poltrona reclinável e ligou a TV. Assistiu um pouquinho, fechou os olhos e alguns segundos depois dormia profundamente.

Paul saltou da poltrona ao ouvir o relógio de seu bisavô bater onze vezes no vestíbulo. Olhou para seu relógio de pulso, apavorado.

— Merda! — exclamou, resumindo tudo.

Ele voou pela casa e correu, dobrando a esquina e subindo a rua até a casa das irmãs Dupré. Saltou a cerca de madeira como se fizesse isso há anos e a encontrou sentada nos degraus dos fundos sob a lâmpada do alpendre parecendo, como Jack diria, passada, além da conta.

— Ah, Josie. Oi, sou eu, Paul.

— Ah, Paul. Oi, sou eu, Josie.

— Olhe, sinto muito...

— Guarde suas desculpas podres para alguém que se importe com elas. Tínhamos ou não tínhamos um encontro para as oito da noite?

— Sim, tínhamos, mas sabe...

Josie levantou-se.

— Está vendo este vestido? Às sete e meia estava sem uma ruga sequer. Agora são onze e quinze e ele parece um pano de pratos. Gastei horas passando-o, ontem. Leva muito tempo para passar linho. Já estou farta de você, Sr. Brouillette. Pegue seu maldito cachorro e vá para casa. Não me ligue novamente e não traga seu cão até aqui. Você sabe o que pode fazer. Vá lamber...

— Lamber o quê? — perguntou Paul, suavemente. Estava tão próximo que podia sentir seu hálito e outros aromas deliciosos que emanavam do seu corpo feminino. Ele inclinou-se ainda mais e baixou a cabeça. Em toda a sua vida nunca sentira uma paixão tão estonteante. Seus joelhos transformaram-se em borracha e, então, apoiou-se nela. Quando Josie abriu os lábios, ele sorveu seu ar e a beijou novamente. Ao sentir as pernas cedendo, ele a conduziu até a escada, sem desprender os seus lábios dos dela. Quando finalmente a largou, o ar lhe faltava.

— Ah, faça isso de novo.

— Não posso. Sinto-me feito de gelatina. Garota, você é uma tremenda beijadora.

— Eu sei — disse Josie, docemente. — Qual era mesmo sua desculpa? Também quero saber por que abandonou seu cachorro comigo.

— É uma longa história. Quero dizer, é realmente longa. Estou com fome. Você poderia me preparar um ovo? Não está mais furiosa, está? Onde está meu cachorro?

— Seu cachorro está dormindo em minha cama, com a porta fechada. Ele me ama, sabe? Acho que não vai querer ir embora com você.

FERN MICHAELS

— Isso é o que você acha. É meu cão e vai aonde eu for. Pode ser que goste de você, mas gosta mais de mim. Está comigo desde que era um filhotinho. É meu.

— Então suba e pegue-o. Diga-lhe que vai levá-lo para casa. Ele vai se esconder sob a cama, como na outra vez. Desista, ele é meu agora. Adora a Rosie e não irá embora sem a amiguinha.

— Então só há uma coisa a fazer.

— Nem venha me dizer que pretende levar a Rosie, nem pense nisso.

— Case comigo.

— Casar com você! Nem o conheço! Por que eu faria algo tão estúpido?

— Porque é a única solução. Assim, os dois ficarão felizes. Você me beijou como se me conhecesse. E — ele arrastou as palavras — você me desafiou a lamber você. Isso é bem íntimo, se quer saber minha opinião.

— Eu não disse...

— Bom, talvez tenha insinuado. Estava bem louquinha e com todo o direito. Desculpe. Posso desculpar-me de agora até amanhã, mas não mudará nada. Hoje foi um dia incrivelmente cheio. Eu me sentei, fechei os olhos e então já eram onze horas. Sinto muito por seu vestido. De onde ele veio? Taiwan?

— Não, não veio de Taiwan. Eu o comprei em uma loja muito exclusiva na cidade e paguei caro por ele. Estava bem bonito às sete e meia.

— Você deveria pedir seu dinheiro de volta! — Ele sorria ao subir as escadas. — Pretende me alimentar ou não?

— Por que parece que nunca consigo ganhar uma de você? — Josie resmungou.

— Porque não quer. Você gosta de mim, admita. Vai ou não vai casar comigo?

Josie olhou em torno da cozinha, para a porta aberta e para as janelas. O aroma de lírios-do-vale era tão forte que a deixava tonta. Seus dedos agarraram as pérolas em seu pescoço. *Está tentando me dizer algo, mamãe?*

— Se eu concordar em me casar com você, será que poderia chegar pontualmente na igreja?

— Posso ir no dia anterior e esperar o horário do casamento. Isso é um sim?

— Parece. Acho que minha mãe quer me ver casada com você. Só pode ser isso. Muito bem, sim.

— Explique-se depois. Quero ver meu cachorro. Apresse essa comida, mulher. Estou morto de fome!

— Não me dê ordens. Nem mesmo pense nisso.

— Josie, será que você poderia, se houver qualquer possibilidade, providenciar algo para eu comer?

— Assim está muito melhor. Posso tentar.

No minuto em que o perdeu de vista, Josie girou pela cozinha.

— Mamãe, você está aí? Você queria que eu dissesse "sim", não é? Eu disse! Eu queria dizer "sim". Isso é bom, certo? Por favor, me dê um sinal. Preciso saber, mamãe.

Ela os ouviu nas escadas, o homem com quem acabara de concordar em se casar e os dois cachorros. Zip emitiu um ganido poderoso, que a fez levar a mão até a garganta e ao colar. Ela apenas observou, deliciada, quando o colar partiu-se e as pequenas bolinhas rolaram pelo chão. Riu, feliz, ajoelhando-se para recolhê-las. Ainda ria quando Paul abaixou-se para ajudá-la.

— Por que está rindo, Josie? Acabou de estragar seu colar! Vou lhe dar um novo.

— Não preciso de um colar novo. Nem quero este aqui. Algum dia eu lhe direi o que isso significa.

— Promete?

— Sim, prometo. — *Obrigada, mamãe.*

Zip focinhou o pescoço de Josie e tentou empurrá-la para a porta.

— Ele quer sair — falou.

— Não me diga.

— Sim, estão se contendo lá em cima desde às sete e meia. Eu os soltaria, se fosse você. Caso contrário, terá de limpar toda a sujeira. Eu coloco o jantar para esquentar.

— Você cozinhou!

— Nosso cliente escorregou em água com sabão e já tínhamos preparado toda a comida. Kitty levou a maior parte para um abrigo de sem-teto, mas guardei um pouco, para o caso de decidirmos jantar aqui.

— E então, o que teremos? — Paul perguntou, enquanto os cães corriam para a noite.

— Salada de batatas e nozes tostadas com vinagrete quente e bacon, filé com rábano e crosta de pimenta, um pudim exótico de cogumelos e compota fresca de *cranberries*. Temos também torta de nata.

— Você fez tudo isso? Estou impressionado.

Josie começou a desculpar-se:

— Eu não...

— Sei que era para outra pessoa, mas, olhe, aceito de bom grado. Pelo que me toca, você fez especialmente para mim. Será que pode cozinhar assim todos os dias, quando nos casarmos?

— Não.

— Entendo. Em um negócio como o seu, quando chega a noite você deve estar cansada de cozinhar o dia inteiro. Contrataremos uma cozinheira e uma faxineira.

Ele iria se casar! Acabara de pedir a mão da mulher sentada no chão. Será que estava bem da cabeça? Talvez fosse um bom momento para lhe contar sobre o assalto e sua concussão. Se pretendia casar-se, precisava contar-lhe tudo sobre seu passado e seu futuro.

— Enquanto nosso jantar está esquentando, eu gostaria de conversar com você, Josie. Há algumas coisas que você precisa saber a meu respeito. Gostaria de lhe contar tudo agora. Se quiser mudar de idéia, eu entenderei. Vamos tomar vinho e sentar naquela varanda onde fica seu escritório.

Josie sentiu um nó formando-se em sua garganta. A voz de Paul parecia tão sombria! Um calafrio percorreu-lhe a espinha. Ela pegou uma garrafa de vinho e duas taças no balcão. Confissões não eram para os fracos, mas ele tinha razão: era hora de se abrir. Deixaria que ele falasse primeiro.

Era uma linda noite, morna e cheirosa. As estrelas brilhavam e reluziam enquanto Josie caminhava. O clima estava maravilhoso e ela desejou poder cruzar os dedos, mas estava segurando a garrafa de vinho e, na outra mão, trazia as taças.

Paul falou, com segurança e sem parar, enquanto abria o vinho e servia doses generosas. Josie ouviu, com o coração martelando seu peito. Escutou sua dor, sentindo-a com ele. Em determinado momento, pegou-lhe a mão e a apertou. Paul retribuiu. Ela pousou a cabeça em seu ombro e, quando sentiu a mão acariciando seus cabelos, teve vontade de chorar.

— Bem, é mais ou menos isso, em resumo. Eu estava imaginando se você não gostaria de ir comigo a Lafayette, sábado. Estou preparado para trazer minha sobrinha e o garoto comigo, se quiserem vir. Acho que podem ficar na minha casa até eu decidir como lidar com minha mãe.

— Se não o atrapalhar, adorarei ir com você. Onde mora a sua mãe?

— No Quarteirão Francês. Ela vive lá com suas irmãs. Estava administrando a empresa de farinha de milho, mas nós a colocamos à venda. Espero que tudo dê certo. Se não der, não sei o que farei. É por isso que vim vê-la a primeira vez. Queria planejar uma festa de Dia das Mães para minha mãe. Esperava, mesmo com poucas chances, encontrar Nancy a tempo para a festa. De certo modo, é uma troca. Pelo menos acho que é assim que minha mãe verá a coisa toda. Tenho feito isso todos os anos, durante anos, esperando que desse certo, mas até agora não funcionou.

— Como... como se chama a sua mãe, Paul?

— Marie. Por quê?

— Eu trabalhei com ela, que também me procurou para planejar uma festa para suas irmãs.

FERN MICHAELS

Então, Josie contou-lhe sobre sua visita ao Quarteirão Francês e ao jardim com muros e sobre o período em que as velhinhas trabalharam na cozinha experimental.

— Sua mãe não vê as coisas como você, Paul. Ela o ama demais e teme tomar a iniciativa, por medo de rejeição. Marie me contou que você telefona apenas quando consegue encaixá-la em sua agenda ocupada. Nenhuma mulher, e não importa quem seja ela, gosta de ser encaixada entre outros compromissos. É preciso sentar-se e dizer-lhe como você se sente. Ela também lhe dirá como se sente, e então vocês conseguirão se entender. Se vamos casar e ter filhos, quero que conheçam a avó. Não quero ter de dar desculpas esfarrapadas por meu marido. É sua mãe e você não terá nenhuma outra. Acredite, sei do que estou falando. Você não é um daqueles caras que não conseguem admitir seus erros, nem é adulto demais para lhe dizer o quanto sofreu, não é?

— Não, não sou assim. Como é que você consegue ser tão esperta?

— Tive uma ótima mãe. Meu pai também era legal. Se você permitir, posso ajudá-lo.

— Sim, mas só amanhã. Esta noite é nossa.

— Tenho de lhe dizer que já é amanhã. Meu relógio me diz que são dez para a uma. Estou com sono.

— Quer ir dormir?

— Assim, só dormir?

— Pode ser. Eu arrumei a cama para dormir, quando subi até o quarto.

Josie dobrou-se de rir.

— Então Zip está debaixo das cobertas e Rosie está dormindo no travesseiro.

— Então que fiquem lá. Podemos dormir no quarto de hóspedes — disse Paul, ajudando-a a levantar.

— E o jantar?

— O que tem? — perguntou ele, preguiçosamente.

— Entendi. Vou até lá desligar o fogão.

— Parece ótimo.

— Parece mesmo. Acha que esta noite terminaria assim, se você tivesse chegado no horário?

— Provavelmente não. Você precisa se livrar desse vestido. Está um trapo.

— Quer me ver sem ele? — Ela ouviu-o sugando o ar por entre os dentes. Ou aquele som vinha da sua própria boca? — Primeira porta à esquerda — disse Josie, correndo pelas escadas.

Nove

Josie despertou devagar e se deu conta imediatamente de onde estava, do corpo quente junto ao seu e de tudo o que ocorrera horas antes. Sorriu, depois abriu os olhos. Olhos incrivelmente escuros a fitavam, e o sorriso dele combinava com o seu. A voz que lhe falou era carinhosa e rouca, quando lhe deu bom-dia.

— Esta é a primeira vez que você me parece despreocupado — sussurrou suavemente.

— É porque tirei toneladas de responsabilidade dos meus ombros. Você tem muito a ver com isso. É verdade mesmo que vamos nos casar?

Josie sentiu o pânico manifestando-se em seu estômago.

— Você fez o pedido. Lembro que concordei, mas isso foi ontem à noite. Eu estava um pouco nervosa e você estava envergonhado, para dizermos o mínimo. Se quiser retirar o pedido, sinta-se à vontade — disse em tom leve, enquanto cruzava os dedos sob as cobertas.

— Nem em mil anos. Quando?

Quando? Era uma boa pergunta.

— Temos de discutir algumas coisas, Paul. Casamentos exigem alguma preparação. Kitty vai se casar em janeiro. Poderíamos fazer um casamento duplo. Gêmeos fazem coisas assim. Ou poderíamos casar apenas no civil. Nunca me casei antes, então não sei como funcionam essas coisas. — Com o dedo indicador, Josie brincou com os cachos negros que caíam na testa de Paul.

— Parece bom. Você é boa em massagens nos ombros?

— Terrível. A menos, é claro, que nos revezemos. Tudo tem de ser meio a meio. Precisamos deixar isso bem claro, Paul.

— Não tem problema. Que horas são? Onde estão os cachorros?

— Sete e vinte e os cachorros estão junto à porta. Estão chorando há dez minutos. A que horas você precisa estar no trabalho?

— Acho que às oito, mas ninguém me falou sobre horários. Será que temos tempo...

— Temo que não — disse Josie, jogando as pernas para fora da cama. Caminhou nua até o banheiro e fechou a porta, ouvindo-o gemer. Ela sorriu de orelha a orelha enquanto escovava os dentes.

Saiu do banheiro cinco minutos depois usando o roupão gasto e velho, mas confortável, que tinha desde os dezesseis anos.

— Vou soltar os cachorros e fazer café. Quer torradas ou algo especial?

— Café está bom. Preciso ir para casa trocar de roupa. O que devo fazer com Zip?

— O mesmo que tem feito todos os dias desde que eu o conheci: deixá-lo aqui comigo.

— Eu poderia vir morar aqui. Ou você poderia ir morar comigo.

— Não gosto da sua casa, Paul. É fria, nada aconchegante. Você não tem plantas nem objetos pessoais. Gosto de *coisas*. Sabe, cantos com coisas queridas, lembranças. Prefiro casas aconchegantes e confortáveis.

Ele bateu na própria testa.

— É isso! Descobri o que há de errado com aquele lugar. Joguei coisas para todos os lados ontem. Fiz a maior bagunça e ainda parecia sem graça. Zip e eu praticamente moramos na sala de estar perto da cozinha. Acho que falta um toque feminino!

— Mais ou menos.

FERN MICHAELS 146

Isso é o que ela podia fazer hoje. Quando Kitty voltasse e não houvesse nada pendente, ela poderia ir ao mercado francês, comprar algumas coisas, algumas plantas e dar um jeito na casa de Paul. Tinha a caminhonete, de modo que poderia comprar o que quisesse e lotá-la. Um ato de amor. Ela literalmente dançou pelas escadas, atrás dos cachorros.

Será um dia maravilhoso. Posso sentir isso em cada parte do meu corpo.

— Vou me casar! — gritou, enquanto girava pela cozinha com o filtro de café na mão. — Onde quer que você esteja, mamãe, será que pode me ouvir? Vou me casar! Acredita nisso, mamãe? Eu, me casando! Sinto-me tão bem! Seu colar rebentou, e esse era o meu sinal, certo? Espero que você o aprove. Paul é *o* cara. Eu soube disso no momento em que ele apareceu na minha porta. Quando você tiver tempo, me dê outro sinal de que o aprova. Preciso de sua aprovação. Eu amo esse cara. Amo muito.

Paul recuou da entrada da porta. Detestava admitir que havia escutado na maior cara-de-pau o diálogo de Josie com a mãe. Ela o amava mesmo. Nunca uma mulher dissera que o amava. Talvez sua mãe lhe tivesse dito isso quando ele era pequeno, mas não conseguia recordar. Talvez a velha empregada da casa lhe tivesse dito também, mas não lembrava. Ele sentiu seu peito inflar-se de felicidade.

— O café está pronto? — ele gritou da porta.

— Já vai. Mais um minutinho. Você conseguirá chegar no horário?

— Provavelmente não. Posso dizer que pensava que deveria chegar às oito e meia. Ei, eu sou um dos sócios!

— Qual é seu primeiro projeto?

— O cara é um novo cliente de Jack. Quer um chalé para hóspedes, uma cabana e algumas reformas internas na casa principal. Tenho de ir até essa propriedade de manhã e depois sentar e ver se sou tão bom quanto me julgo.

— Acredite, você é. Quando alguém quer tanto alguma coisa quanto você sempre quis isso, tem de dar certo.

Paul assentiu.

— Esta xícara é bonita — disse ele, apontando para o grande morango vermelho. — É isso o que eu quero dizer. Não tenho nada assim. Minhas xícaras têm todas uma faixa marrom no meio.

— A xícara com morango fazia parte do jogo de louças da minha mãe. Sobraram apenas algumas peças. São nossas preciosidades. Quando éramos pequenas e não queríamos comer, uma louça bonita tornava mais agradável encarar coisas como fígado ou couve-flor. Pelo menos era o que mamãe dizia, e tenho de concordar. Kitty e eu competimos por essas louças.

— Bom café — disse Paul, engolindo rapidamente. — Detesto ter de sair correndo, mas não tenho escolha. Ei, Zip!

Josie observou com um sorriso enquanto Paul brincava com o bóxer por alguns instantes. Ele levantou a cabeça para olhá-la.

— Você se importaria de vir à minha casa para jantar com os cachorros? Eu gostaria de passar algum tempo com Zip. Posso fazer churrasco no jardim, se você quiser.

— Claro que sim. A que horas?

— Que tal por volta das sete? Se eu a beijar, não conseguirei ir embora.

Josie riu.

— Vá embora. Nos vemos à noite.

A cozinha pareceu subitamente silenciosa, enquanto Zip olhava para a porta, para ela e, finalmente, para Rosie. O cão fez um carinho com a pata enorme em sua amiga e ambos esconderam-se sob a mesa.

— Tudo bem, Zip. Vamos até lá à noite e você poderá mostrar a Rosie todas as suas coisas e como você vive. Paul e eu os levaremos para passear e brincaremos com vocês a noite inteira, prometo. Agora fazemos todos parte do pacote. Devemos ficar juntos. É maravilhoso! É tão maravilhoso! Sinto vontade de chorar, mas não vou fazer isso. Chorarei no dia do meu casamento. Mamãe disse que chorou ao se casar e depois nunca mais. Bem, ela disse que chorou também quando papai teve um ataque cardíaco, mas não permitiu que ele a visse assim. Tenho de me lembrar de fazer o mesmo. Muito bem, é hora de tomar um banho e ir ao mercado. Está tudo bem, Zip, está mesmo.

Vamos até sua casa para dar uma ajeitada em tudo. Venha cá, me dê um pouco de amor — disse Josie, esfregando seu nariz contra o focinho úmido do bóxer. — Humm, isso é bom. Você também, menina. Beijinhos, beijinhos. Uma família grande e feliz. Nós quatro. Por favor, Deus, não permita que nada de ruim aconteça.

Eram duas e meia da tarde quando Josie estacionou na frente da casa de Paul. Sorria de orelha a orelha ao examinar seus achados. Parecia-lhe ter comprado tudo o que havia sob o sol.

Devia começar com as prioridades, de modo que abriu as portas duplas e observou enquanto os cães passavam zunindo pela casa, latindo alto, contentes. Ela encheu vasos com água, antes de começar a carregar suas compras para dentro de casa.

Primeiro, a cozinha. Sempre a cozinha, o coração da casa. Mal podia esperar para amarrar as almofadas de xadrez branco e vermelho nas cadeiras feitas de ferro fundido. No momento em que deu o último laço, reconheceu que havia feito a escolha certa. Os apoios de pratos xadrez, combinando com os guardanapos, transformaram a feia mesa com tampo de vidro em uma obra de arte. No centro de mesa, colocou maçãs vermelhas e brilhantes em um cesto de vime, complementando perfeitamente os guardanapos e as almofadas.

— Maravilhoso! — cantarolou.

Josie correu até a caminhonete para buscar o kit de ferramentas cor-de-rosa que ganhara da irmã no Natal, alguns anos antes. Em segundos estava junto ao balcão da pia, parafusando um gancho para pendurar uma imensa e exuberante samambaia sobre a pia.

— Adorei, adorei, adorei!

Ela riu para os cachorros, que estavam sentados sobre seus traseiros, olhando-a com interesse.

— Aquela coisa que parece um cobertor de prostíbulo tem de ir embora. O que vocês acham disso? — perguntou, agitando metros e metros de lona listrada de vermelho e branco. — Olhem só, isso foi um achado! É só encaixar dois travessões aqui e temos uma cortina.

Bateu mais alguns pregos. O que era mesmo que seu pai costumava dizer? Parafusos e cola. Bem, ela não tinha nenhum parafuso nem cola, de modo que precisava usar pregos.

— Dá para acreditar nisso? — gritou para os cachorros, ao descer do banquinho. — Olhem só, é uma cozinha totalmente diferente. Não, ainda não está pronto. Faltam os tapetes!

Ela correu novamente até seu carro e trouxe dois tapetes trançados de fibra colorida. Um deles foi para a frente da pia e o outro para a frente do fogão.

— Eu deveria ter sido decoradora — declarou, retorcendo as orelhas de Zip. Deu dois passos para trás, para examinar seu trabalho. — Senhoras e senhores, o que temos aqui é uma cozinha pra lá de gostosa e aconchegante. Se houver a mais remota possibilidade de eu morar aqui um dia, posso muito bem conviver com essa decoração. Eu deveria mesmo ter sido decoradora. Talvez tenha ignorado minha vocação. Muito bem, em frente e para cima. A seguir, a sala de jantar e a de estar.

Eram quatro da tarde quando Josie fez uma pausa. Ela abriu uma lata de refrigerante e sentou-se no chão com os animais.

— Plantas fazem toda a diferença. Algumas coisinhas nas mesas, algumas almofadas coloridas, arranjos de flores e o lugar parece habitável. Gosto muito de cores. Acho que Paul também. Meninos, podemos ir para casa agora. Mais tarde voltaremos. Você quer levar algo, Zip? Vá buscar, garoto. Não? Então vamos para casa. Quer carona, Rosie? — perguntou, curvando-se para pegar a cadelinha. Em um segundo, Zip colocou-se entre seu corpo e Rosie, pegando a amiguinha gentilmente e a levando porta afora. A visão de Josie turvou-se por um momento. Tanta dedicação! — Muito bem, querido, eu entendo. — E entendia. Como entendia!

Na rua, o ar cheirava a lírios-do-vale. Josie fechou os olhos e inspirou profundamente. Olhou para baixo, para o canteiro de flores, e viu que todas as delicadas e frágeis florzinhas haviam secado. Inclinou-se e colheu uma. Não havia sombra de perfume na flor em sua mão.

— Obrigada, mamãe.

* * *

Ao chegar aos fundos da casa, Paul já havia tirado o paletó. Ali, puxou a gravata, soltando-a, e a girou por cima do ombro. Ao abrir a porta, piscou. Será que estava tão cansado que entrara na casa errada? Ele entortou o pescoço. Não, esta era mesmo a sua casa. Entrando na cozinha alegre e confortável, sua boca abriu-se. Andou por ali, olhando e tocando em tudo, maravilhado.

Foi a todos os cômodos, com os olhos cada vez mais espantados, até achar que saltariam de sua cabeça. Tudo estava diferente. Por onde quer que olhasse, havia plantas e almofadas alegres e coloridas. Tinha até cortinas com franjas e puxadores. Josie era a responsável por isso. Para ele. Por um momento incrível, achou que poderia estourar de alegria. A única peça que ela não tocara era a sala em que ele mais gostava de ficar com Zip. Seu santuário. Não, ela não tocaria naquela peça da casa. Só isso já lhe dizia o que precisava saber sobre Josie Dupré.

A campainha tocou enquanto ainda estava parado no meio da sala. Abriu a porta e pegou as compras que havia pedido. Espere até a Srta. Josie Dupré descobrir que bom cozinheiro *ele* era. Foi para o banho, rindo, e ainda ria ao vestir calças jeans e camiseta.

Paul abriu uma garrafa de cerveja e bebeu dela enquanto acendia a churrasqueira no quintal. Ele temperou a carne e então ligou o forno. Lavou as batatas e os vegetais. Em menos de uma hora, estava com tudo pronto. Tudo o que tinha de fazer era pôr a mesa. Ao abrir os armários, foi acometido por gargalhadas altas.

Agora, tinha novos pratos decorados com frutas lindamente pintadas. Seus talheres tinham cabo vermelho e os copos eram azuis como o céu. Seu riso cessou quase que instantaneamente.

— Por favor, Deus, não me tire isso. Por favor.

— Isso é o que eu chamo de uma noite perfeita — disse Paul, enquanto secava o último prato e o guardava no armário. — Você pretende ficar, não é? Os cachorros estão dormindo e seria uma pena ter de despertá-los — falou, envolvendo-a em um abraço.

— Tente livrar-se de mim — disse Josie, aproximando seus lábios dos dele.

— Boa-noite, crianças — disse Paul, baixinho.

Rosie remexeu-se, saindo de seu aconchego junto ao corpo de Zip, e bamboleou até Josie, que se curvou para pegá-la, indo até a sala com a cadelinha aninhada junto ao peito.

— Só quero que você seja feliz, mocinha — sussurrou. — Está tudo bem, muito bem mesmo. Você sempre será minha menininha. Agora eu tenho Zip também. Mantenha-o na linha. Ele tem medo de que eu a roube dele. Eu nunca faria isso, mas ele ainda não me conhece tão bem. Você pertence a mim. Nunca se esqueça disso.

A cadelinha lambeu seu rosto e então se contorceu, pedindo para descer. Josie juraria que o bóxer mexeu sua cabeça para cima e para baixo, satisfeito, quando Rosie estendeu-se ao seu lado. Com um sorriso no rosto, Josie viu o grande cão estender uma grande pata, protegendo a amiga.

— Acho que nossos bebês estão seguros.

— Estão felizes — disse ela, com um tremor na voz. — Minha mãe sempre dizia que o amor real e verdadeiro tem a ver com garantir que a outra pessoa está feliz. Acho que tinha razão.

— Ah, eu tenho *certeza* de que ela tinha razão. Gostaria de ter conhecido sua mãe.

— Eu também adoraria, porque ela teria gostado de você. Vocês teriam gostado um do outro.

— Você pode usar este banheiro. Usarei o outro, no corredor — disse Paul.

— Está bem. Eu amo você, Paul Brouillette. É justo dizer-lhe isso.

— Eu amo você também, Josie Dupré. Também é justo lhe contar.

O vento lá fora mudou, agitando os ramos do antigo carvalho e balançando-os em um ritmo interminável. O céu noturno pontilhado de estrelas era como uma colcha puxada sobre a casa antiga, quando Paul apagou o abajur. Estavam sozinhos, duas almas que se haviam encontrado, conhecendo-se uma à outra novamente.

Nus e lado a lado, os dois abraçaram-se, beijaram-se e murmuraram, com lábios movendo-se macios contra outros lábios. O corpo de Josie acendeu-se ao toque dele, sua excitação e paixão transmitindo-se a ele e o acendendo ainda mais.

Ela estava apaixonada. Ele já a abraçara assim antes, apenas algumas horas atrás, adorando seus seios e tomando posse das partes mais escondidas de seu corpo, mas sentia-se excitado e comovido como se fosse a primeira vez. Havia muito mais em Josie que a pele clara e as curvas sedutoras; havia a mulher dentro do corpo, aquela sem a qual não podia mais viver. Puxou-a para cima de si, desejando que ela dominasse o desejo de ambos.

O sangue corria acelerado pelas veias de Josie; a necessidade por ele doía-lhe na alma. Esse era o homem que amava.

Ele encheu-a lentamente com seu corpo e ela abriu-se para recebê-lo, movendo-se no mesmo ritmo, prendendo-o na câmara quente do seu amor. Josie gemeu baixinho, adorando a sensação do corpo dele no seu e respondendo ao som dos sussurros ternos que lhe diziam o quanto era bela e como gostava de seu cheiro, tão único.

Ele saboreou seus lábios, provando a doçura de fruto maduro, deixando-se levar, retirando-se e a penetrando novamente com movimentos lentos e sensuais, acariciando-a com o rolar de seus quadris sob os quadris femininos. Ele a encorajou a cavalgá-lo, a tomá-lo profundamente, ajudando-a a encontrar o ponto sensível no centro de seu corpo. As mãos masculinas e carinhosas tomaram posse dos seios amados, segurando-os com firmeza, seguindo sua adorável inclinação para provocar os mamilos eriçados.

Se havia fogo na união da carne, nada era comparável às chamas da junção extrema entre as almas. E quando os lábios encontraram-se novamente, tinham o sal das lágrimas — e cada um pensou que vinham dos seus próprios olhos.

Dormiram juntos, nos braços um do outro, e ao despertarem nas primeiras horas antes do amanhecer, fizeram amor mais uma vez. E mais uma. E ainda mais outra.

* * *

Durante o café, Paul inclinou-se sobre sua mesa recém-decorada, prendendo seu olhar no de Josie e pegando sua mão.

— Eu não sei se posso esperar até janeiro ou algum outro mês do ano que vem para me casar com você. Por que não podemos nos casar agora? Digo, logo. Dê-me uma boa razão.

— Não tenho vestido de noiva.

— Ah...

— Um vestido é importante. Tem de ser o vestido certo e transmitir a mensagem de que Josie Dupré está se casando com algo único. Quero que meus amigos venham, e terei de localizar muitos deles, porque se mudaram. Isso leva tempo. A menos que façamos o casamento na minha ou na sua casa, teremos de alugar um salão, e geralmente as reservas são feitas com bastante antecedência. Precisaremos de um serviço de bufê, porque não tenho intenção de servir em meu próprio casamento. Agosto seria o ideal, ou talvez julho. Antes é difícil. Não quero me casar com pressa e me arrepender depois. Quero que seja como o casamento da minha mãe. Se começarmos direito, tudo dará certo. Isso era o que mamãe dizia; acreditei na infância e ainda acredito. Não sou nenhuma pudica, mas não acho certo simplesmente ir morar com você. Entende?

— Claro que sim. Não quero que você se afaste de mim.

— Olhe para mim, Paul. Será que realmente lhe passa pela cabeça que eu possa deixá-lo? De jeito nenhum. Eu o encontrei e não pretendo perdê-lo. Além disso, precisamos nos preocupar com dois cachorros. Também não vejo nada de mal em dormirmos um na casa do outro, de vez em quando.

Paul deu-lhe um grande sorriso.

— É, também não vejo mal algum. O que você tem na agenda para hoje?

— Trabalho. Kitty volta hoje e temos um coquetel marcado para a tardinha. Quando isso terminar, precisamos nos preparar para um café-da-manhã no Rotary Club amanhã. Não poderei vê-lo hoje à noite.

FERN MICHAELS

— Vem bem a calhar. Tenho uma reunião marcada para as seis da tarde e creio que isso me tomará algumas horas. Será que podemos jantar e ir ao cinema amanhã à noite?

— Não acho boa idéia. Precisamos passar mais tempo com os cachorros. E se alugássemos alguns filmes e pedíssemos para Kitty preparar algo para nós em minha casa? Depois eu poderia te levar em casa e aproveitar para passear com os cachorros e partiríamos cedo para Lafayette. Você chegou a pensar em algo em relação à sua sobrinha?

— Não, pretendo apenas contar a ela tudo o que sei. Estou otimista. Não quero cometer erros. Espero estar fazendo a coisa certa, não contando à minha mãe até ter certeza.

— Se ela não quiser vir conosco, o que você pretende fazer?

— Nesse caso, contarei à minha mãe e explicarei as razões de minha sobrinha, sejam quais forem. Minha mãe pode dar a ela e ao filho uma vida confortável. Espero que ela seja suficientemente madura para reconhecer e entender a importância da família. Sinto-me ansioso ao pensar nesse encontro. Acho que sua presença me ajudará muito. Por falar nisso, meu novo cliente, meu único cliente, não gosta do meu rabo-de-cavalo.

— Ah, que mau gosto! Eu adoro seus cabelos. Você pode lhe dizer isso. O que ele é, um ex-militar com corte em estilo máquina zero?

— Como você sabe?

— Foi apenas um palpite. Você se atrasará, se não se apressar. Vou fechar tudo aqui e levar os cachorros para a minha casa. Acho que eles já estão entendendo esse nosso arranjo. Sabia que nossos cães nos amam?

— Como será que vão se sentir, quando tivermos filhos?

O coração de Josie saltou.

— Acho que serão maravilhosos com crianças.

— E com isso eu vou deixá-la. Também não lhe darei beijinho de despedida hoje.

— Medroso! — disse ela, rindo.

— Sou mesmo.

— Vá, antes que eu o ataque. Quero seu corpo! Vá!

Josie ouviu-o rindo até chegar ao carro.

Deus, estou feliz.

— Se o mapa que o detetive **lhe** deu estiver certo, o condomínio deve estar a meio quilômetro de **nós**. Essa chuva está horrível. E a meteorologia disse que faria tempo **bom** — resmungou Josie, enquanto tentava espiar através da chuva forte.

— Nunca acertam. Talvez seja até bom. As pessoas não costumam levar crianças para a rua em dias como hoje.

— O que você fará se o seu cunhado estiver em casa?

— O detetive disse que ele trabalha aos sábados. Também por isso eu quis esperar para vir hoje. Liguei para minha mãe ontem, do trabalho, mas ela não estava em casa. Eu só queria dizer a ela que havia voltado a Nova Orleans, embora tenha certeza de que André já lhe contou. Deixei um recado, mas ela não me ligou de volta. Por que será?

— Ela acha que você só liga quando não tem nada mais para fazer, ou, como já me disse, quando consegue encaixá-la em sua agenda. Talvez ela estivesse na empresa, recolhendo seus pertences. André chegou a lhe dizer que estão vendendo a empresa, não é?

— Claro que sim. Com toda a delicadeza possível, mas ela ficou furiosa. Sabíamos que seria assim. Tenho certeza de que agora já está mais calma. No fim, tivemos de pensar em todas as outras famílias que trabalham para nós em outras divisões.

— Tenho certeza de que ela entende. Afinal, é uma mulher de negócios.

— Uma mulher de negócios de setenta e quatro anos. Não é mais tão sensata e deixa o coração dominar na hora de tomar decisões. Isso não é ruim, mas, quando começa a afetar o resto das empresas, é hora de tomar decisões difíceis. A decisão já foi tomada, de modo que não tem como voltar atrás. Será que é aqui a entrada?

— Sim. Vá até o segundo prédio e vire à direita. É no número 4.022. O apartamento é no primeiro andar, número 401. Quer que eu o espere no carro?

FERN MICHAELS

156

— De jeito nenhum. Só lamento que você precise se molhar.

— Não se preocupe. Farei um rabo-de-cavalo. Vamos dar uma corrida até lá!

Correram de mãos dadas, saltando sobre poças d'água até chegarem a uma marquise, onde conferiram as setas com os números dos apartamentos.

— É aqui — disse Josie, apontando para a porta do apartamento à esquerda. — Toque a campainha, Paul.

Paul lambeu os lábios e apertou a campainha. Um cão latiu lá dentro. O cachorro com pintas da foto.

Ela é bem parecida com sua mãe, pensou Paul.

— Nancy, sou seu tio, Paul Brouillette. Esta é Josie Dupré. Será que podemos entrar? Eu gostaria de falar com você. Posso mostrar-lhe meus documentos, se quiser.

A jovem mulher fez que sim com a cabeça. Paul abriu sua carteira e retirou dali sua licença de motorista. Ela olhou-a com atenção por um minuto inteiro, antes de remover a corrente da porta.

— Entrem.

Ela está assando biscoitos, pensou Josie. Provavelmente para o menininho que está construindo um castelo com blocos coloridos no chão, no meio da sala. O cachorro circulava por ali de modo protetor.

— Deixem-me lavar minhas mãos, estão sujas de farinha. Por favor, sentem-se. Querem um cafezinho ou talvez um refrigerante?

— Estamos bem, obrigado — disse Paul, com o olhar fixo no menino de cabelos escuros. Ele tinha fotos de si mesmo naquela idade. *Ele se parece comigo nessa idade,* pensou.

Ela é tão jovem, pensou Josie. *E ainda assim seus olhos cansados me dizem que já viu mais da vida do que gostaria de ter visto.*

— O que vocês querem? Meu pai não está — disse a mulher, de modo abrupto.

— Nós sabemos. Por isso esperamos para vir hoje. Pedi para um detetive particular encontrá-la. Eu vim para levá-la para casa, se você quiser vir conosco. Minha mãe, sua avó, nunca superou a morte de sua mãe. Ela adoraria se você e seu filho viessem conosco. Eu gostaria de vê-la em casa com a família. Como se sente a esse respeito?

— Acho que estou surpresa — disse a jovem, baixinho. — Vocês não nos quiseram antes. Por que agora?

— Quem lhe disse isso? — Paul perguntou, em tom de surpresa.

— Meu... meu pai. Ele disse que vocês nos consideravam um estorvo. Disse que não nos queriam.

— Não, não, não, está tudo errado. No dia em que sua mãe foi enterrada, seu pai fez as malas, pegou todo o dinheiro e jóias de sua mãe e foi embora levando você. Minha mãe tentou encontrá-la durante anos, até desistir. Eu não desisti. Finalmente conseguimos localizá-la, quando descobrimos a certidão de nascimento do menino. Por favor, venha conosco.

— Meu pai... Está me dizendo a verdade?

— Ele está, sim — confirmou Josie.

— Preciso conversar com meu filho.

Josie e Paul observaram enquanto Nancy foi até o filho e chamou sua atenção com um tapinha delicado no ombro, agachando-se até ficar no seu nível de visão. Seus dedos executaram uma dança rápida. O menino voltou-se para olhá-los e sorriu, antes de também usar seus dedos para comunicar-se. A linguagem dos sinais. Josie sentiu a ansiedade de Paul.

— Ele não pode ouvir?

— Muito pouco. Precisa de uma cirurgia e terá de usar aparelho auditivo. Não temos plano de saúde e o sistema público não paga a cirurgia. Não temos dinheiro para...

— Mas e o seu pai? — Paul perguntou, tenso.

— Meu pai joga e bebe o tempo todo. Eu praticamente preciso sustentá-lo. Tenho um bom emprego, mas o salário não é muito alto. Pagando a creche para meu filho, não sobra muito.

— A família irá ajudá-la. Vem conosco?

— Imediatamente? — Havia tanta esperança em sua expressão que Josie sentiu vontade de chorar.

FERN MICHAELS

— Agora mesmo, neste instante — insistiu Paul, com gentileza. — Josie pode ajudá-la a fazer as malas.

— Mas meu emprego...

— Ligaremos para seu patrão segunda-feira de manhã.

— Meu pai...

— Podemos deixar um recado e o número de meu telefone. Ele não merece sequer isso, mas lhe daremos esse benefício — disse Paul.

— O cachorro. Ele precisa ir conosco.

— Tem toda a razão. O cachorro também vai. Eu nunca o deixaria para trás. Como se chama?

— Ollie. Pete lhe deu esse nome. Nós o encontramos na rua. Acho que alguém o jogou para fora do carro. Eu conheço essa sensação.

— E quanto ao pai do menino?

— Ele nos deixou uma semana após o nascimento de Pete. Não queria a responsabilidade de um filho nem pagar pensão alimentícia. Estamos bem sem ele. Devo chamá-lo de Paul ou tio Paul?

— Só Paul.

— Vou limpar a cozinha enquanto vocês fazem as malas. Posso desligar o forno? — Josie perguntou.

— Os biscoitos estão prontos. Tire-os do forno e deixe a bandeja sobre o fogão, por favor.

Paul aproximou-se devagar do menino sentado no chão, ficando de frente para ele. O cachorro o olhou com cautela, até receber um carinho atrás das orelhas. O menino riu.

— Ele gosta disso — falou.

— Aposto que sim. Quantos anos você tem, Pete?

— Três. Veja, três dedos — disse, levantando quatro dedos. Paul riu e o menino deu uma risada.

Paul estendeu os braços.

— Venha cá.

O detetive tinha razão. Era um menino forte e robusto, como ele era quando tinha a mesma idade. A sensação de abraçá-lo era muito boa. Boa e certa. Lágrimas quentes fizeram seus olhos arderem.

— Vamos dar um jeito na sua audição e você terá a melhor vida que possa imaginar. Eu prometo. — Ele afastou o menino por um instante. — Você gostaria de ganhar um carrinho vermelho e um novo triciclo?

A cabeça do garoto moveu-se para cima e para baixo.

— Vamos comprar uma bola bem grande e alguns brinquedos para Ollie, e você poderá brincar no mesmo quintal onde eu brincava quando era pequeno. Que tal?

— Mamãe também pode?

— Pode, sim.

— Estou pronta — disse Nancy.

— Vocês não esqueceram nada? — perguntou Paul, espantado com as duas malas.

— Isso é tudo o que temos. É do tanque para o corpo.

— Não precisa explicar nada. Tudo será diferente agora. Eu prometo.

Os dedos de Nancy dançaram outra vez na frente do menino, que saiu do colo de Paul. Ele guardou os blocos em uma caixa e então a enfiou sob uma mesa.

— Iremos de carro com essas pessoas. Ollie também vai. Vamos morar em um novo lugar, onde há muitas árvores e outras crianças que poderão brincar com você. Esse é seu tio Paul e essa é a Srta. Josie. Comporte-se bem, está me ouvindo?

— Sim, mamãe.

— Eu volto para pegar a bagagem. Primeiro, quero acomodá-los no carro — disse Paul.

Ele andou pelo apartamento acanhado de dois cômodos, contendo sua emoção ao ver a cama de solteiro e a cama dobrável em um canto do pequeno quarto. Era óbvio, pelos palhacinhos e animais estampados na colcha, que o menino dormia na cama e Nancy na cama de armar. O banheiro era limpo e arrumado, com toalhas pequenas e ralas.

— Que droga!

FERN MICHAELS

Algo perverso agitou-se em seu íntimo, fazendo-o marchar pelo corredor até o dormitório de casal. Era bagunçado, com coisas amontoadas. Das duas, uma: ou Nancy era proibida de arrumá-lo ou não dava a mínima para os pertences do seu pai. Preferiu acreditar na segunda alternativa.

A sala era pequena, mas limpa. Três cadeiras, uma mesinha de centro cheia de marcas de cigarro e um televisor preto-e-branco de quatorze polegadas. Exceto pela caixa de blocos de montar sob a mesa, não havia mais nada para ver. A mobília era muito gasta, provavelmente comprada de segunda mão. Por que não havia percebido tudo isso logo ao entrar? Talvez porque só tivesse olhos para o menino e sua sobrinha. Que existência entediante e aborrecida! Quando seus olhos começaram a arder novamente, ele pegou as malas e saiu. Nunca voltaria a esse lugar. Nem Nancy, Pete ou Ollie.

Nunca.

Jamais.

Dez

Kitty Dupré olhou para sua irmã, no outro lado da mesa de café. Sentiu imediatamente que havia algo diferente nela. Não era apenas o fato de ela estar olhando para fora da janela com ar sonhador. Parecia relaxada e em paz. Finalmente. Ela e a irmã eram tão parecidas, mas ainda assim tão diferentes, em muitos aspectos. Era verdade que estavam sempre sintonizadas uma à outra e também que pensavam da mesma maneira sobre muitas questões. Além disso, desejavam as mesmas coisas da vida. Porém, de algum modo, após a morte dos pais Josie nunca mais fora a mesma. As sombras nunca abandonavam seus olhos e, quando sorria, sempre parecia um esforço ensaiado. Muitas vezes ela lamentara o fato de não ter tido a chance de dar um último adeus aos pais. A vida nem sempre é justa e, às vezes, nos lança problemas que não conseguimos abraçar, não importando quanto nos esforcemos.

Agora, Kitty desejava ter despertado Josie quando chegou na noite anterior, mas já era tarde demais e não quisera perturbar os cães e colocar a casa em polvorosa. Ultimamente não havia tempo para simplesmente sentarem-se de pernas cruzadas sobre a cama, em longas sessões de confissões íntimas. Sentia falta desses momentos. Sentiria falta deles ainda mais quando se mudasse dali, em janeiro.

Kitty cutucou a irmã.

FERN MICHAELS

— Quero todos os ínfimos detalhes, e não ouse deixar nenhum de fora. *Tudo*, Josie. E por falar nisso, por que Zip ainda está aqui? Juro que você parece realmente luminosa.

— Paul me pediu em casamento.

Kitty bateu palmas.

— E você respondeu...?

— Que sim. Você acredita, Kitty? Eu disse que sim. Nem cheguei a pensar muito. Marie Lobelia é mãe dele. Ele reencontrou sua sobrinha e o filhinho dela. Eu o acompanhei até lá. Abandonou os negócios da família e agora é sócio de Jack Emery. Ele é... maravilhoso. É como se tivesse saído da casca e agora fosse o *verdadeiro* Paul Brouillette. Meu Deus, eu amo aquele homem! Mamãe aprova. É tão esquisito. Primeiro, foi o perfume de lírios-do-vale, e depois, as pérolas... Eu sei que ela o aprova. Parece que, de repente, tudo está no devido lugar. Eu não poderia querer ou pedir nada mais. Foi assim com você e Harry?

— Sim, e ainda é. Estou contente porque você não ficou chateada quando liguei para lhe pedir um dia a mais de folga. É gostoso ter ajuda confiável para tomar conta de tudo na minha ausência. Foi uma boa decisão contratarmos nossa auxiliar. E então, para quando é o casamento?

— Paul quer que seja logo. Eu não tenho o vestido de noiva. E lhe disse que preciso de tempo, até agosto, no mínimo. O que eu realmente adoraria seria um casamento duplo com você e Harry. Será que você pode mudar sua data?

— Talvez eu possa convencer Harry. Terei de cancelar o salão e mais um monte de coisas, se fizermos a cerimônia aqui no jardim. É isso o que você quer, não?

Josie assentiu.

— Se casarmos aqui, mamãe e papai poderão vir. Seus espíritos estão aqui, Kitty. Sinto isso. Mamãe sempre dizia que a única coisa que queria era que fôssemos felizes. Mas talvez, quando nos casarmos e ela perceber que estamos felizes, parta para sempre. Você acha que isso pode acontecer?

— Não sei, Josie, mas é preciso aceitar essa possibilidade. Mamãe foi embora e a vida continua.

— Sei disso. Eu sei, também, que apenas desejo que ela esteja por aqui de vez em quando. Meu colar rebentou porque eu o puxei. Os lírios-do-vale são flores, e flores têm perfume. Os ramos balançam e as folhas fazem um ruído semelhante a sussurros por causa de uma brisa que vem do nada. Sei de tudo isso, só que me faz bem *acreditar*. Tudo o que eu queria era ter me despedido deles.

— As coisas mudarão agora, Josie. Você tem Paul. Vai se casar e terá seus filhos. Eu também. Teremos nossas vidas, como mamãe teve a sua. Ainda teremos nossas recordações, mesmo quando estivermos velhinhas, com cabelos brancos. Temos uma à outra. Isso nunca mudará. Se lhe serve de consolo, eu me senti exatamente da mesma maneira quando conheci Harry.

— Mas você nunca me disse. Por quê?

— Achei que você riria de mim. Eu também achava que desejava demais a presença de mamãe e que, então, podia senti-la. Também não me despedi. Há uma explicação lógica para tudo, se nos esforçarmos para encontrá-la. Simplesmente não queremos procurá-la. Eu queria acreditar.

Josie sentiu os olhos marejados.

— Se já precisamos de um sinal, agora é a hora.

As duas calaram-se e olharam em volta. Nada aconteceu. O ventilador zunia baixinho. O refrigerador emitia seu ruído constante. Lá fora, os pássaros cantarolavam nas árvores, como sempre faziam de manhã. O aroma mais forte era o de canela, de um desodorizador ligado à tomada. Ela sacudiu os ombros. Kitty sorriu.

— Conte-me sobre a sobrinha, Josie.

— Ela é jovem e o menino é adorável, mas tem um problema de audição. Ele conhece a linguagem dos sinais. Sua mãe o ensinou. É triste, mas sei que Paul dará tudo o que for possível para ajudá-los. Ficarão em sua casa, até ele decidir como quer lidar com tudo isso. Inicialmente ele queria esperar até o Dia das Mães, mas eu o convenci a não fazer isso. Ele deseja o que todos desejamos de nossos pais...

aprovação. Contou que imaginou muitas maneiras de ir à casa de Marie com sua sobrinha e sobrinho. Espero que tudo dê certo. Espero que Marie possa convencê-lo de que realmente o ama. Por que será que às vezes as pessoas são tão teimosas?

Kitty sorriu.

— Se eu soubesse, escreveria um livro.

— O que eu não desejo é o que acho que acontecerá. Paul levará Nancy e Pete até sua mãe, explicará a situação, dará as costas e irá embora. Será uma daquelas coisas do tipo: "Veja só, fiz isso por você, apesar das coisas terríveis que você fez consigo." Ele não entende o que é lamentar a morte de um filho. Teme revelar seus sentimentos para a mãe, porque não quer correr o risco de se magoar de novo. Ele praticamente empacotou toda a dor e ressentimento no fundo de sua mente e coração e não está disposto a abri-lo.

Kitty apoiou o queixo na mão e fitou a irmã. Sua mão livre acompanhou o traçado do morango na xícara de café.

— Talvez você precise dar uma mãozinha para a sorte.

— Quer dizer interferir? Não posso fazer isso.

— E se eu interferisse? Poderia ir até Marie e lhe explicar tudo.

— Não é da nossa conta. É algo que Paul precisa fazer sozinho. Ele precisa fazer o que lhe parece certo, aquilo que lhe fará bem.

— Mas um empurrãozinho não faria mal. Só um empurrãozinho. Poderíamos ir nós duas falar com Marie. Eu poderia levar uma torta para ela. Vamos lá, Josie. É domingo. Amanhã ou terça-feira ele decidirá levar a sobrinha e o sobrinho até lá. Ela é uma mulher idosa e talvez o choque lhe faça mal.

— Não. Não iremos interferir. Paul precisa fazer isso sozinho.

— Então acho que não tenho mais nada a dizer. Preciso trabalhar. Você comprou o chá de menta que lhe pedi e que serviremos esta tarde?

— Duas caixas grandes. Estão no balcão da cozinha.

Kitty valsou até o balcão enquanto cantava, desafinada, as palavras de sua mais recente música preferida:

— *"Agora deixe-me perguntar-lhe honestamente: você me conhece ou só gosta do que vê? Usar saia acima do joelho pode ser bonito, mas me desagrada!"*

Josie uniu-se a ela, passando o braço em torno do seu ombro.

— *"Vou me livrar das minhas meias-calças e dos sapatos de salto alto e bico fino. Vou encontrar roupas mais confortáveis e me libertar das minhas meias-calças."*

— É melhor você não largar seu trabalho também — comentou Kitty, rindo. — Eu dublei a música para Harry. Penteei meus cabelos como Corinda Carford e fiz um show para ele. Ah, o que aconteceu com as mangas?

— Joguei fora porque estavam pretas e murchas — disse Josie.

— Acredito...

— Eu não... eu nem pensei... Elas estavam estragadas! Kittyyyy!

Kitty já estava a caminho da cozinha experimental quando gritou para a irmã, por sobre o ombro:

— Se você está dizendo!

— E estou mesmo! — Josie resmungou.

Paul sentou-se na sala de espera segurando a mão da sobrinha e sorrindo para acalmá-la.

— Por que está demorando tanto? Ele está lá há horas.

— Acho que é uma cirurgia delicada. O Dr. Tumin é um ótimo cirurgião pediátrico. Tenho certeza de que Pete sairá dali bem, como o médico disse que sairia. Ele ficará bem. Dois dias no hospital e irá para casa. Você pode ficar com ele o tempo todo. Contratei uma enfermeira particular. O plano de saúde cobre. Estou preocupado é com Ollie, porque nunca se afastou de Pete.

— Ollie ficará bem. Eu lhe dei uma das meias e uma camiseta velha de Pete, para lhe fazer companhia quando for dormir. Desde que você o leve até a rua de quatro em quatro horas, não há problema. Ele sabe que Pete voltará e gosta da sua casa. Há bastante espaço para correr. Mal posso acreditar que estamos aqui há um mês. Quando vamos ao encontro da sua mãe? Já lhe passou pela cabeça que ela pode não nos receber de braços abertos?

— Creio que não teremos problemas. Achei melhor esperar que Pete fizesse sua cirurgia, para aliviar a tensão de vocês. E da minha mãe também, por falar nisso. Pretendo levá-los à casa dela domingo que vem. Seu pai algum dia lhe falou sobre o jardim?

— Não.

— É perfeito para um menino. É todo murado, com chafariz e flores. Cresce musgo entre os tijolos. Há um carvalho magnífico que Pete vai querer escalar, quando ficar um pouco maior. Era meu lugar favorito na infância. Sua mãe e eu subíamos nele e quase matávamos mamãe do coração. Ela dizia que éramos ágeis como macacos.

— Como era a minha mãe?

— Era linda. Gentil. Às vezes, irmãos não são muito bons uns com os outros, mas ela era ótima. Sempre tinha tempo para mim e imagino que eu era um pestinha naquela época.

— Meu pai sofreu muito quando ela morreu? Será que foi por isso que se transformou no que é hoje? Por que fugiu comigo?

— Só posso pensar e repetir o que ouvi os adultos dizerem. Não sei se é verdade. Seu pai não gostava muito de trabalhar. Meus pais os sustentaram por muito tempo, porque não queriam que faltasse nada à filha mais velha. Talvez tenham assustado seu pai, fazendo-o pensar que não era bom o bastante para pertencer à família. Já que sua mãe o amava, meus pais fizeram o que podiam. Talvez tenham feito até demais. Simplesmente não sei, Nancy. O que sei, com certeza, é que sua mãe tinha uma conta bancária bem gorda, graças aos meus pais. Tinha também muitas jóias que ele também levou quando sumiu, jóias que deveriam ficar para você. Não sei se ele as vendeu, mas zerou a conta bancária. Isso é tudo que sei.

— Fale-me sobre minha avó.

Ali estava o único assunto sobre o qual não desejava falar. Como poderia dizer a essa mãe ansiosa que não conhecia realmente sua própria mãe?

— Você gostará dela. Mamãe consegue ser carinhosa e espirituosa. Ela nunca se preocupou muito com cozinhar ou limpar a casa, porque meu pai não se importava que ela apenas administrasse a empresa. Ela fez um ótimo trabalho, mas por alguma razão não estava aberta a mudanças e queria que tudo permanecesse como sempre havia sido. Era quase como se tivesse parado no tempo. Entenda, as coisas mudaram depois que sua mãe faleceu e minha outra irmã também morreu. Foi muito difícil para minha mãe. Não tenho certeza se ela é capaz de ser a vovozinha típica para Pete. Minha mãe está idosa e mora no Quarteirão Francês, em nossa casa, bem antiga, com suas irmãs. Elas assistem a novelas e jogam cartas. Na verdade, você não deve se preocupar com nada. Olhe, o médico está vindo — disse Paul, apertando a mão de sua sobrinha.

— O menino está bem. Vocês podem vê-lo agora, se quiserem. Não despertou de todo ainda, mas perguntou sobre Ollie. Como presumi que fosse um bichinho de estimação, falei que Ollie estava dormindo. Talvez seja bom vocês mesmos lhe darem notícias. Pete começará a ouvir, dentro de algum tempo... um mês, talvez um pouco mais... como qualquer outro garoto.

— Muito obrigada — disse Nancy, com lágrimas nos olhos, enquanto segurava com força o braço de Paul.

— Sigam-me que lhes mostro o quarto de Pete.

Paul espiou o menininho deitado através do vidro. Havia uma enfermeira ao seu lado.

— Deixarei você a sós com ele, Nancy. É hora de levar Ollie até a rua. Pensei em tirar uma foto instantânea de Ollie e trazê-la depois. Tenho alguns compromissos para esta tarde, mas darei uma paradinha aqui, a caminho de casa, após o trabalho. Trarei Josie à noite. Sei que ela deseja ver Pete.

Nancy olhou para o filho, sem muita consciência sobre o que seu tio lhe dizia, mas assentiu mesmo assim. Tudo o que poderia dizer estava em sua expressão: o amor que sentia pelo filho, a preocupação, a ansiedade e também o alívio. E era apenas uma cirurgia. Como teria sido a sua expressão, se a cirurgia não desse certo ou algo saísse mal e o menino morresse na mesa de operação? Ela provavelmente teria a mesma expressão de sua mãe, no dia em que June morrera. Ele se lembrava bem daquele olhar vazio e perplexo e, depois, do grito de cortar o coração que ainda ouvia às vezes, em sonhos.

— Preciso dizer algo além de obrigada. "Obrigada" não é o bastante.

— Para mim é — disse Paul, em tom leve. — Quer que lhe traga algo? Comida, revistas, alguma outra coisa?

— Não, obrigada. Ficarei bem. Depois eu tomo um café, mas lhe agradeço por perguntar. Quero que ele me veja assim que despertar.

— É claro. Eu a vejo por volta das sete da noite.

No carro, a caminho de casa, Paul discou o número de Josie. Não ficou surpreso quando ela o atendeu no primeiro toque.

— Ele está bem e logo vai ouvir como qualquer outra criança. Nem sei lhe dizer como estou aliviado. Nancy estava uma pilha de nervos, mas agora está tranqüila. Estou a caminho de casa para levar Ollie até a rua e depois preciso voltar para o escritório. Será que posso pegá-la por volta das seis e meia para irmos até o hospital? Seria ótimo se você pudesse levar Ollie para passear. Já fez isso? O que eu faria sem você, Josie? Eu a amo tanto que chega a doer. — Ele escutou a risada deliciosa no outro lado da linha. — Nos vemos mais tarde.

Quando Josie despertou na manhã de domingo, achou que era um domingo como outro qualquer, até lembrar como esse dia seria importante para Paul. Literalmente pulou da cama, correu pelas escadas com os cachorros e os soltou, deixando a porta de tela aberta para poderem entrar sozinhos, enquanto fazia café, e então corria novamente até o andar superior para tomar um banho. Paul deveria pegá-la às dez e meia com Nancy, Pete e Ollie. Quando passava xampu nos cabelos, ela imaginou todos os resultados possíveis para aquele encontro. Será que daria certo? Não daria? Será que todos fariam as pazes? Ficariam todos bem? E quanto a Marie Lobelia, gostaria de Pete ou se lembraria demais de Paul naquela idade ao ver o menino?

Será que receberia bem a jovem mulher ou se mostraria distante e retraída? E Paul? Sairia disso inteiro ou teria mais um fardo para carregar em sua vida? Gostaria de saber. Ao mesmo tempo, achava que era melhor não saber o que aconteceria.

Estava na terceira xícara de café quando ouviu a buzina na frente da casa. Haviam combinado de se encontrar na frente de casa, por causa de Zip e de sua reação ao cachorro com pintas. Kitty estava cuidando dos cães no escritório e concordara em ficar com eles até a irmã voltar.

— Diga à Srta. Josie aonde vamos, Pete — disse Paul, no momento em que Josie prendeu o cinto de segurança.

— Ele tá nos levando à casa da minha bisa *grandmère*.

Josie riu.

— Meu filho e eu estamos muito ansiosos — falou Nancy, agitada.

— Ollie está tremendo, porque não sabe aonde está indo.

— É tudo novo para ele. Esperem até ver o quintal e a árvore enorme que há lá. Ele pode brincar lá o dia inteiro com Pete, e vão adorar! — Josie exclamou.

— Eu liguei de manhã cedo, mas acho que estavam todas na igreja. Não deixei recado, mas está tudo bem, tenho a chave do portão.

Josie teve um calafrio com o tom indiferente de Paul. Ela cruzou os dedos, esperando que realmente as coisas saíssem bem. Imaginou o que poderia sentir e como reagiria, se estivesse no lugar de Nancy. Francamente, estaria à beira do pânico. Como alguém poderia não amar o adorável menino de olhos escuros e sua mãe tão amorosa?

Dez minutos depois, Paul estacionou o carro junto ao meio-fio.

— Aqui estamos, Pete. **Esta** é a casa de sua bisa *grandmère*. Está pronto? Quer subir nos meus ombros? Achei que sim. Suba, companheiro. Josie, aqui está a chave. Toque a campainha e abra o portão ao mesmo tempo. Não estou no clima para fazer joguinhos hoje.

Josie inspirou fundo e fez o que devia. Tremeu ao ouvir Paul gritando:

— *Mère*, é Paul! Trouxe alguém que quer conhecê-la.

Ele ficou parado no meio do jardim e esperou. Todos aguardaram. Dois minutos se passaram, depois três e, depois, quatro. Ele estava prestes a gritar novamente quando a porta da cozinha abriu-se.

A voz de Marie era distante e desinteressada ao dizer:

— Costuma-se ligar antes, quando se trazem convidados inesperados.

— Isso era antigamente. As coisas mudaram. Eu gostaria de apresentá-la à sua neta, Nancy, e ao filho dela, Pete. Essa criatura de quatro patas se chama Ollie. São da mesma família. Podemos sair e entrar novamente, se você preferir.

Marie deu um passo para trás e depois mais um, enquanto fitava primeiro seu filho, depois sua neta e, finalmente, o garoto. O cão latiu um cumprimento e ela finalmente sorriu. Seus braços tremiam e pareciam inseguros, mas estendeu-os, com as lágrimas rolando por seu rosto.

Josie piscou quando viu que os braços estendidos eram para Paul, não para Nancy e o menino. Os ombros de Paul enrijeceram-se, depois relaxaram e um grande sorriso apareceu em seu rosto.

— Você fez isso por mim? Um momento, *chère* — disse para Nancy. — Isso precisa vir primeiro, porque está doendo há muito tempo. Você me perdoou?

— Eu a perdoei muito tempo atrás, *mère*, mas só descobri isso há algumas semanas.

Marie fitou-o profundamente. O que viu nos olhos do filho a reconfortou.

— Falaremos melhor sobre isso depois, meu filho. Agora, quero regalar meus olhos com essa linda jovem e seu filho.

Ufa!

— E com você também. — Marie sorria quando envolveu os ombros trêmulos de sua neta.

Paul baixou Pete.

— Este é seu bisneto, Pete. Diga olá.

— Olá, bisa *grandmère* — balbuciou timidamente o menino.

— Venham, vamos entrar e conversar. As tias querem conhecer vocês. Elas têm muito sobre o que conversar. Achei que este dia nunca chegaria. É impossível descrever minha felicidade. *Chère*, conte-me, você teve algo a ver com tudo isso? Marie indagou a Josie.

— *Mère*, Josie é minha noiva. Eu não sabia que vocês se conheciam, e ela não sabia que eu era seu filho. Vamos nos casar no fim de julho.

— Que incrível! Que felicidade imensa vocês estão me dando! Não conseguirei dormir durante semanas. Quero dizer algo, mas não tenho palavras. Meu coração está tão cheio! Venham, vamos entrar.

— Eu ficarei aqui no jardim com Pete e Ollie. Entraremos daqui a pouco.

— Conte ao pequenino sobre suas macaquices aqui, quando tinha a idade dele. Seus brinquedos estão no galpão, atrás do chafariz. Traga-os para o menino.

— Meus brinquedos! Que brinquedos? — Paul indagou.

— Seu carrinho de puxar, a bicicleta, os patins e seu arco e flecha. Todas as suas coisas.

— Você guardou tudo! — Paul exclamou, atônito.

— É claro! Mães fazem coisas assim. Tenho uma mecha dos seus cabelos no medalhão que uso neste colar, da primeira vez em que foram cortados. Você berrava como um endiabrado. Depois compararemos com os cabelos de Pete. Acho que são da mesma cor e textura. Ele se parece com um Brouillette.

Josie começou a rir do espanto estampado no rosto de Paul.

— Vou embora agora — disse. — Este dia é de vocês e quero que aproveitem cada minuto dele. Não faço parte ainda. Por favor, digam que entendem.

Paul sorriu.

— Eu entendo e você tem razão. Eu a vejo amanhã.

— Ela é legal — disse Pete. — Não tem beijo, não?

Paul agachou-se.

FERN MICHAELS

172

— Você acha que eu deveria? — perguntou, com ar solene.

— Mamãe disse que, quando alguém ama, beija. Minha mãe me beija o tempo todo, porque me ama.

— É porque é fácil amar você, Pete. Acho que seguirei sua sugestão. — Com gestos cinematográficos, Paul beijou Josie até deixá-la sem ar.

— E aí, como me saí? — perguntou a Pete. O menino baixou e levantou a cabeça, em aprovação, contente.

— Eu o vejo amanhã — disse Josie, acenando um adeus. — Paul...

— Sim?

— Abra-se. Escute. Você não se arrependerá. Promete que seguirá meu conselho?

— Claro que sim. Eu ligo para você à noite.

— Apenas se você tiver tempo. Não pretendo sair e, além disso, sou do tipo que espera até a eternidade.

— É bom saber disso.

— Mas também é bom não me testar — falou Josie, rindo.

— Tem razão, não vou fazer isso.

A velha casa, permeada pelo aroma de ricos temperos, estava muito silenciosa. Paul sentia-se nervoso. Era apenas hora de conversar com sua mãe e de ventilar as mágoas, hora de fazer as pazes. Como faria isso em um lugar tão quieto? Deveria sussurrar? Deveria gritar e agir como um maluco? Ou apenas ouvir seu coração? No fim, sua mãe terminou com suas dúvidas, ao tomar sua mão para levá-lo até a cozinha, onde serviu-lhe café puro com farinha de chicória, como Paul gostava. Ele sabia que a bebida estaria encorpada, forte e cheirosa. E, é claro, não conseguiria dormir por uma semana.

Marie inclinou-se sobre a mesa.

— Acho que nós dois temos coisas para dizer um ao outro. Talvez seja o momento, ou não. A distância entre nós, durante todos esses anos, foi minha culpa. Totalmente minha, e assumo toda a culpa e responsabilidade. Não basta pedir-lhe perdão. Eu tenho lamentado minha negligência com você durante cada dia da minha vida. Eu não conseguia superar minha dor e, assim, não conseguia ajudá-lo. Não é tão simples. Quando finalmente consegui me recobrar um pouco e voltei ao mundo dos vivos, era tarde demais e você já não queria saber de mim. Foi bem difícil aceitar isso, mas entendi. Por algum tempo, tentei fazê-lo sofrer, para me vingar da dor que me causava. Era o único modo de eu manter algum contato com você. Não ligo para a empresa. Nunca liguei de verdade. Era apenas algo para me manter ocupada e que o irritava. Eu só cumpria uma rotina. Sempre fui uma mulher de negócios e sei sobre lucros e perdas. Puni a você e a mim mesma por algo que não conseguia controlar, ou pelo menos foi assim que expliquei a situação a mim mesma.

"Tomara que você e Josie nunca passem pelo que passei. Não tenho palavras para descrever como é perder um filho e, depois, perder outro. É tão impensável, tão trágico que literalmente perdi a cabeça. No meio de tudo, acabei perdendo você também.

"Hoje você me devolveu minha vida. Nunca poderei lhe agradecer o bastante. Ver Nancy e Pete levou-me de volta àqueles anos do passado. Ela se parece tanto com June! É carinhosa e sensível, e o menino é muito parecido com você nessa idade. Deus nos abençoou, Paul. Eles ficarão conosco. Pete está em seu antigo quarto. Nancy está no quarto que foi da mãe dela. Amanhã acordaremos e tomaremos café juntos. Antes que pergunte, o cachorro dormirá no quarto de Pete. O animal é muito fiel e amoroso com o menino. Uma última coisa. Eu nunca deixei de amá-lo, meu filho. O amor estava no meu coração, mas eu o ignorei, acreditando que um dia estaria preparada, e poderia me abrir como um livro e seguir em frente. Achei que você viria correndo para mim, de braços abertos. Para você ver como fui tola. Agora que estou mais velha, estou ainda mais estúpida, porque ainda espero que você possa me perdoar e me amar como eu o amo."

A garganta de Paul fechou-se. Ele lutou para encontrar as palavras certas. *Escute*, Josie dissera.

FERN MICHAELS

— Tudo é passado. Eu a perdoei muito tempo atrás, *mère*. Podemos ir em frente agora. Nancy e Pete serão parte de nossas vidas. Um dia, espero que logo, terei filhos com Josie. Então você não está zangada pelo fato de André assumir os negócios?

— Nem um pouco. Ele é o homem ideal para o cargo. Estou feliz porque você decidiu seguir seu coração e fazer o que sempre quis. Tem minha bênção. Além disso, não precisa comprar a minha empresa. Você planejava fazer isso, não? É a sua cara, Paul. Acredite, não precisa fazer isso. Eu já cuidei do futuro dos empregados anos atrás, quando senti que isso aconteceria. Eles poderão descansar agora, como eu planejo fazer também. Quero mostrar-lhe algo.

Paul viu sua mãe enfiar a mão sob a gola alta e engomada de seu vestido e remover dali um pesado medalhão de ouro. Ela o abriu, dizendo:

— Veja. Aqui está a sua fotografia e essa é a sua mecha de cabelos. Uso isso desde o dia em que você nasceu. Agora — continuou, remexendo em seu bolso e tirando dali um lencinho dobrado, que abriu sobre a mesa —, aqui está uma mechinha de cabelos do menino. Cortei-a enquanto ele estava dormindo. Eu o desafio a me mostrar uma diferença sequer. É como se eu visse meu próprio filho em meu bisneto. Talvez, com a sua ajuda e com a graça de Deus, eu possa acertar desta vez.

Paul piscou. Ele realmente precisava fazer um exame de vista. Ultimamente, seus olhos ardiam com muita freqüência.

— *Nós* podemos acertar, *mère*.

— Será que somos uma família outra vez?

— Sim, somos. Deus, como me sinto bem! — Paul disse, batucando na mesa.

Marie imitou-o.

— Não tanto quanto eu me sinto, meu filho.

— Venha cá, *mère*, eu a levarei até seu quarto.

— E eu é que costumava levá-lo para a cama. Veja como tudo muda...

Paul sorriu.

— É, tudo muda...

Josie sentou-se na frente de sua cômoda, olhando para seu reflexo no espelho. Sua irmã olhava-a da cama.

— É hoje, Kitty! Você acha que mamãe sabe que vamos nos casar hoje?

— Espero que sim. — A voz de Kitty soou tão melancólica que Josie apressou-se a abraçá-la.

— Talvez devêssemos chorar agora, para desabafar toda a nossa emoção. Depois, arruinaremos a maquiagem.

— Isso não está certo, Josie. As mães costumam estar na igreja no dia do casamento de suas filhas. Em nosso caso, somos duas, sem nossa mãe. Não temos ninguém. Nosso lado da igreja estará totalmente vazio. As três primeiras filas são sempre reservadas para os parentes. Nossos amigos estarão lá, mas não é a mesma coisa. Não é justo.

— Eu sei, Kitty, mas não há nada que possamos fazer. Mamãe nos diria para erguermos a cabeça e seguirmos em frente. Escrevi uma carta para ela ontem à noite. Guardei-a com todas as outras.

— Eu fiz o mesmo. Está na minha gaveta de meias. Mamãe sempre dizia que eu tinha as gavetas mais bagunçadas do mundo, piores ainda que as suas. Nós vamos ser felizes, não vamos, Josie?

— Vamos, sim. Visitaremos uma à outra com freqüência e poderemos nos falar por telefone todos os dias. Serei madrinha dos seus filhos e você será a madrinha dos meus. Harry e Paul se dão maravilhosamente, ainda que se conheçam há pouco tempo. Somos uma família. A nossa é menor que a de Paul ou de Harry, mas ainda somos uma família. Eu lhe trouxe um presente de casamento. É algo especial ... sabe, um presente de irmã para irmã. É para Harry também, mas principalmente para você. Quer que eu o pegue? Está no outro quarto.

Kitty enxugou os olhos e assentiu. Josie voltou alguns minutos depois segurando um cesto pequeno. Uma cabeça pequenina e sedosa espiou para fora, enquanto ela entregava o cesto à irmã.

— O nome dela é Soho. É uma Yorkshire dourada. Eu a comprei de Cher Hildebrand, de Dayton, Ohio. Eu a peguei no aeroporto ontem à noite, quando você estava fora com os pais de Harry. Diga-me que não cometi um erro. Por favor, Kitty, me diga que adorou essa coisinha linda. Achei que você não sentiria tanta falta de mim se tivesse um cachorrinho dado por mim.

— Meu Deus, Josie, como eu poderia não amar? Olhe só a carinha dela. É linda, maravilhosa! Eu já a adoro. Harry vai pular de alegria quando a conhecer. Ele já gosta de cachorros. Obrigada, Josie. Sinto-me melhor agora, de verdade.

— Bom, isso é tudo que importa. Você não me disse o que Harry lhe deu como presente de casamento. Quero ver!

— Jure que não vai rir.

— Eu juro — disse Josie. — Onde está?

— No meu quarto, sobre a cama. Escute, ele escolheu com o coração, então não menospreze meu presente.

— É um...

— Traje completo de cozinheira, com chapéu de copa alta e cinco estrelas bordadas.

— É maravilhoso. Ah, jóias são tão comuns... — falou Josie.

— O que Paul lhe deu?

— Ele disse que deixou na área dos fundos, então imagino que também não é uma jóia. Esqueci de abrir. Espere, vou pegar. Também é uma caixa grande. Tenho o pressentimento de que será tão romântico quanto o seu uniforme de cozinheira.

Kitty aconchegou a cadelinha junto a si até a volta da irmã. Josie, arfando, largou a enorme caixa de papelão sobre a cama.

— Uau! Talvez devêssemos tentar adivinhar o que é, antes de abrir. Sabe, para prolongar a expectativa.

Josie pegou sua tesoura de manicure e cortou a fita adesiva da caixa.

— Ah, Kitty, veja só! — ela exclamou, levantando um prato com um enorme morango pintado em seu centro. — É exatamente como o prato da mamãe! Espere, há um bilhete aqui.

— Leia, leia. Ande logo! O que diz? — perguntou Kitty, mal caben-
do em si de curiosidade.

Minha querida Josie,

*Eu queria lhe dar algo especial como presente de casamento. Lamento
lhe dizer que originalidade não é o meu forte. Entretanto, vi sua carinha
triste no dia em que me serviu café na xícara que foi de sua mãe. Demorou
um pouco, mas finalmente descobri alguém para reproduzi-la. É um conjunto completo de louças para oito pessoas, mas o resto do aparelho está
em minha casa. Tomei a liberdade de dar um para Kitty também.*

— Não acredito! — Kitty falou, com um gritinho. — Meu Deus,
Josie, é igualzinho ao prato da mamãe! É tão perfeito que não dá para
acreditar. Sabe de uma coisa? Até que não nos saímos mal, mesmo
sem mamãe.

— Certamente. Precisamos nos vestir agora. A limusine estará
aqui em quinze minutos. Ajude-me e depois eu a ajudo com seu vestido. Onde está seu véu?

— Vou usar meu chapéu de cozinheira em vez do véu.

— Ah, não! Que coragem!

— Também não pretendo levar buquê ridículo nenhum.

— Estou com medo de perguntar, mas, então, *o que* você levará nas
mãos?

— Eu não ia levar nada, mas então você me deu a cachorrinha.
Agora vou levá-la. Não diga nada, Josie. É o meu casamento, e sabe de
uma coisa? Não é tão tolo quanto você possa pensar. Mamãe usou
uma cinta-liga vermelha que se podia ver através do vestido, e seus
sapatos de noiva eram vermelhos. Papai adorou.

— Eu não ia dizer nada. Acho que você deve fazer o que bem
entender. Tem razão, é seu casamento também. Eu amo você, Kitty.

— Será que não se sentirá constrangida?

— Nunca.

— E Paul?

FERN MICHAELS

— Ele também não ficará constrangido. Nos últimos tempos anda tão tranqüilo que nem parece o mesmo. Está bem, agora me ajude com o vestido.

— Com prazer — disse Kitty, sorridente.

Uma hora depois, o padre Sebro pronunciou:

— Eu os declaro marido e mulher. Podem beijar as noivas.

Paul voltou-se, passando o olhar rapidamente pelas três fileiras vazias à direita da igreja. Um sorriso brincou nos cantos de seus lábios e ele voltou delicadamente a cabeça de Josie naquela direção. O sorriso mais radiante que já havia visto iluminou o rosto de sua nova esposa. Ele só conseguiu ver um rastro cor-de-rosa enquanto o aroma intenso de lírios-do-vale ondulava em sua direção.

Impresso no Brasil pelo
Sistema Cameron da Divisão Gráfica da
DISTRIBUIDORA RECORD DE SERVIÇOS DE IMPRENSA S.A.
Rua Argentina 171 – Rio de Janeiro, RJ – 20921-380 – Tel.: 2585-2000